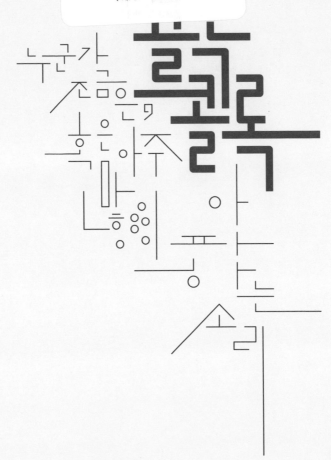

월간
정여울

콜록콜록

누군가 조금은,
혹은 아주 많이
아파하는 소리

월간
정여울

천년의상상

차례

누군가
조금은,
혹은
아주
많이
아파하는
소리

들어가는 말

당신의 아픔이
내 심장에 닿을 때까지

　　　　　　　　얼마 전 쿠바의 수도 아바나의 거리를 걷다가 귀가 번쩍 뜨이도록 아름다운 노랫소리가 들렸다. 구슬프면서도 단단한 목소리, 깊이 호소하면서도 치렁치렁하게 감정을 낭비하지 않는 목소리였다. 나는 헤밍웨이가 모히토를 자주 마시러 갔다는 술집 앞에서 그 거리의 가수가 부르는 노래를 한참 동안 들으며 마음이 아렸다. 젓가락처럼 날카로운 물건이 가슴을 콕콕 찌르는 느낌과 따뜻한 손길이 내 굽은 등짝을 어루만져주는 느낌이 동시에 드는, 야누스적인 매력을 지닌 목소리였다. 나는 그에게 가까이 다가가 그의 몸 앞에 놓인 바구니에 지폐를 넣어주며 잠시

나마 그를 칭찬해주고 싶었다. 한껏 밝은 표정을 지어 보이며 내가 "유어 보이스 이즈 뷰티풀"이라고 감사의 뜻을 표하는데 그는 알아듣지 못했다. 가까이서 보니 그는 앞을 전혀 볼 수 없었다. 내가 활짝 웃음 지으며 반가움을 표시해도, 그의 기타 앞 바구니에 지폐를 넣어도, 아무리 많은 사람들이 그를 스쳐 지나가며 쳐다보아도, 그의 눈동자는 움직이지 않았다. 그 순간 나는 얼어붙었다. 내 진심 어린 감동을 그에게 꼭 전달하고 싶은데, 마음을 드러낼 길이 없었다. 그의 아름다운 갈색 피부와 초점을 잃은 푸른 눈동자가 마치 마음속 카메라에 영원히 각인된 듯 오랫동안 지워지지 않는다. 준비되지 않은 불시의 충격에 나는 불현듯 가슴이 찢어지는 것 같았다.

바로 이런 순간 내 존재의 경계는 무참하게 깨져버린다. 스스로 '나답다'라고 믿었던 모든 것들, '그래도 나는 나의 이런 점이 참 좋다'라고 생각했던 수줍은 자긍심조차도 무너져버린다. 나는 왜 이렇게 관찰력도, 타인에 대한 배려도 부족한 것일까, 스스로를 다그치게 된다. 하지만 그와 동시에 그 깨어진 자리에서 새롭게 주섬주섬 부서진 존재의 사금파리들을 모아 또 다른 나를 처음부터 다시 조립하고 싶은 강렬한 충동에 사로잡힌다. 건너갈 수 없는 존재의 아픔으로 인해 이전의 나는 깨어져버리고 새로운 나로, 더 깊고 넓은 나로 다시 시작하고 싶은 의지가 샘솟는다. 내 안의 또 다른 나는 자꾸 타인과의 소통을 포기하려는 나를 향해 소리친다. 절대로 건널 수도 없고 받아들일 수도 상상할 수도 없는 저쪽 세계의 고통을 반드시 이해해야 한다고. 저쪽 세계의 아픔도, 저 너머 세계의 아름다움도, 그저 상상만 해서는 안 된다고. 그러고 보니 아바나의 눈먼 가수가 내게 들려준 음악은 내 존재의 경계를 허물어 오히려 내 존재의 정해진 울타리를 뛰쳐나가게 해준 내면의 폭발음이었다. 나는 나에게 만족하고 싶지 않다. 나를 무너뜨리고 나를 부서뜨려 나를 뛰어넘는 또 다른 존재가 되고 싶다.

그 사람을 더 깊이 사랑하고 이해하고 존중하고 싶지만 바로 그 마음 때문에 더 많이 상처 입고 커다란 아픔을 느끼는 순간도 있다. 마음은 갈기갈기 찢어지지만 바로 그런 순간이 우리의 내면을 보다 깊은 자기 인식의 차원으로 초대하는 순간이다. 아무리 사랑해도 '저 사람을 결코 이해할 수 없다'는 생각에 가슴이 무너진다. 누군가를 사랑할 때, 그 사람을 기필코 이해하고 싶은 마음은 최고조에 달한다. 그리

하여 더 많이 사랑할수록 그 사람을 이해하지 못하는 순간
의 절망감도 극에 달한다. 그가 많이 아플 때는 차라리 내가
대신 아팠으면 하고 애달파하다가도, 내 몸이 아니기에 그
의 아픔을 온전히 헤아릴 수 없을 때 어처구니없는 실수를
저지르기도 한다. 내가 아플 때도 마찬가지다. 내가 얼마나
힘들고 외로운지 누구에게도 설명할 수 없을 때, 내 슬픔을
이야기하는 것이 왠지 구차하고 수치스러울 때, 우리는 쓰
라린 고독을 느낀다.

　내 몸과 맘의 아픔이 내 살갗의 경계를 넘어가지 못함을
느끼는 순간, 우리는 인간의 한계와 사랑의 한계를 동시에
느낀다. 하지만 반드시 그 한계를 뛰어넘어야 한다. 당신과
나를 가로막고 있는 소통의 경계를 반드시 건너가야만 한
다. 우리가 포기하지 않고 계속 사랑하기 위해서는. 누군가
를 사랑한다는 것은 그가 가족이든 연인이든 스승이든 상관
없이 그의 아픔이 온전히 내 아픔이 되는 순간의 고통을 고
스란히 내 삶의 일부로 받아들이는 일이다. 우리는 사랑하
는 일을 멈출 수 없기에 반드시 너에게서 나에게로, 그녀에
게서 그에게로, 나에게서 당신에게로 건너가야만 한다. 당
신의 아픔이 존재의 굳건한 장벽을 뚫고 마침내 내 심장에

도달했을 때, 사랑은 일시적인 감정을 넘어 피할 수 없는 운명의 차원으로 비약한다.

염색이 되는 과정을 지켜본 적이 있다. 그 두 가지 물질, 즉 염료와 천은 아무런 관계가 없는 물질이었다. 그런데 점점 염료가 천을 향해 천천히 스며들어 마침내 서로 절대로 떨어뜨릴 수 없는 사이가 되어버린다. 사랑 또한 그런 것이 아닐까. 이해와 존중 또한 그런 것이 아닐까. 당신과 나, 그와 그녀, 우리와 그들은 서로 전혀 다른 존재였고 만나지 않았다면 어떤 소통도 불가능했겠지만, 이렇게 함께함으로써, 이렇게 싸우고, 부딪치고, 할퀴고, 결국은 쓰다듬고 화해하면서, 서로에게 붉은 노을처럼, 쪽빛 염료처럼 물들어갈 수 있다. 그것이야말로 스며듦의 축복, 고통을 느끼는 존재들만이 함께 이루어낼 수 있는 건너감의 기적, 존재와 존재 사이를 넘어서는 초월의 체험이 아닐까.『콜록콜록』은 그렇게 아주 작은 기침 소리만으로도 당신이 아주 많이 아프다는 사실을 느낄 수 있는 사람이 아직 이 세상에 많음을 증언하는 책이 되고 싶다.

당신의 기척을 느끼고, 당신의 안부를 묻고, 당신이 '콜록콜록'이라는 기침조차 하지 못할 때에도, 당신이 아주 많이 아프다는 것을, 나는 이미 마음 깊이 느끼고 있음을 꼭 전해 드리고 싶다. 아주 많이 친한 줄 알았지만 사실 당신 존재의 안쪽 깊숙한 곳까지 가볼 수 없었던 그 시간이 못내 안타까워질 때가 있다. 때로는 얼굴도 이름도 모르지만 당신이 힘겨워한다는 것을 그냥 본능적으로 느낄 때도 있다. 아주 잘 아는 사람인데도 그의 괴로움을 감지하기 어려울 때가 있고, 서로 전혀 모르면서도 한눈에 상대방의 고통을 알아차릴 때도 있다. 우리의 고통은 그렇게 끊임없는 예측 불가능성과 뜻밖의 우연과 돌이킬 수 없는 인연으로 질기게 이어져 있다. 그러니 우리 포기하지 말자. 당신의 아픔은 나의 아픔과 반드시 이어져 있으므로. 우리는 끝내 괜찮을 것이다. 우리의 아픔이 우리 자신도 모르게 연결되어 있다는 사실을 깨닫는 한, 우리는 결코 서로를 포기하지 않을 작정이니까. 궁금하고, 안쓰럽고, 미안하고, 그러나 대체로 아름답고 눈부신 당신의 기침 소리를 향한 마음의 안테나를, 나는 결코 꺼두지 않을 작정이니까. 당신이 나아질 때까지, 나는 포기하지 않을 생각이니까.

2018년 1월,
세계의 배꼽, 머나먼 잉카제국의 타오르는 뿌리, 마추픽추에서

내
가르침의
서글픈
흑역사

내 인생에서 가장 빛나는 시기뿐만 아니라 가장 어두운 시대에도 우리는 우리의 자아를 가르친다.

— 파커 J. 파머, 이종인 · 이은정 옮김, 『가르칠 수 있는 용기』,

　한문화, 2013 중에서

"그 선생님 수업할 때 도대체 무슨 말 하는지 모르겠어. 너무 어렵지 않아?" "좋은 말이긴 한데 너무 어렵게 설명하는 것 같아." "자기만 알아듣게 이야기하면 뭘 해, 우리가 알아들어야지." "성격도 엄청 예민한 것 같지 않아? 우리가 조금만 떠들거나 졸아도 얼굴이 금세 굳어지잖아." 학생들은 내가 그들 뒤에 앉아 있다는 것을 모르고 한참 나의 험담에

열을 올리고 있었다. 커다란 기둥을 사이에 두고 벤치가 두 개 놓여 있어 아이들은 기둥 뒤에 있는 나를 발견하지 못한 채 온갖 험담을 자유롭게 주고받았던 것이다. 이런 씁쓸한 경험을 예로 들자면 끝이 없다. 나는 글을 쓸 때는 '잃어버린 나를 되찾는 기쁨'을 자주 느끼지만, 교단에 설 때는 '원래 내가 갖고 있다고 믿었던 나 자신조차도 잃어버리는 느낌'이었다. 가르치는 일에는 도통 재능이 없는 것 같아 여러 번 강의를 포기한 적도 있다. 이것은 나의 서글픈 '흑역사'에 속하는 일이지만, 이제는 가끔 웃으면서 이야기할 수도 있다. 사실 교실에서 느낀 쓰라린 고통에 비하면 이 정도는 차라리 미소를 지으며 회상할 수 있을 정도가 되었다. 하지만 교육 현장에서 느낀 괴로움은 오랫동안 내 마음에 깊은 그림자를 드리웠다. 너무 슬프고 힘이 들어 굳은 표정을 숨기지 못했던 시절, 아이들이 나를 '무섭고 차가운 선생님'이라고 기억할 때, 나는 억제할 수 없는 비애를 느꼈다. 그때부터는 고되고 아프더라도 미소 짓는 법을 연습했다. 하지만 미소 띤 표정만으로는 '가르치는 일의 고통'을 해결할 수가 없었다. 내가 왜 이토록 강의, 교실, 학생들 이 모든 것 앞에서 움츠러드는지를 이해하고, 나 스스로를 뿌리부터 일으켜 세워야만 했다.

교실에서 내게 가장 깊은 고통을 준 이들은 사실 '배우고
자 하지 않는 아이들, 혹은 배움을 포기한 아이들'이었다. 교
단에 설 때 제일 가슴 아픈 순간은 배움의 기회 자체를 포기
한 아이들의 멍한 눈빛을 마주할 때였다. 어떤 아이는 눈으
로는 나를 보고 있으면서 마음으로는 이곳이 아닌 다른 머
나먼 곳을 바라보고 있었다. 배움을 통해 무언가 소중한 것
을 얻을 수 있다는 희망을 버린 아이들의 표정을 볼 때, 가슴
한구석이 무너져 내렸다. 나에게 필요한 것은 '포기하지 않
고, 그럼에도 아이들에게 언젠가는 도움이 될 만한 무언가'
를 가르칠 수 있는 절실한 용기였다. '가르침의 고통'을 벗어
날 유일한 길은 '어떻게 하면 더 쉽게 알려줄까' 하는 기술적
인 문제를 넘어, 매 순간 우선 나 자신이 '가르침이라는 더욱
뜨거운 배움' 앞에서 시들지 않고 주눅 들지 않는 용기를 품
는 것이었다.

수업을 할 때 나는 '배움을 의심하거나 포기하거나 믿지
않는 사람들'의 눈빛에 수없이 상처받았다. 그들이 '나의 공
부나 가르침은 존재할 이유가 없다'고, 나의 노력 자체를 부
정하는 것 같았기 때문이다. 나는 파커 파머의 책 『가르칠
수 있는 용기』를 읽으면서 내 그런 생각이 얼마나 자기중심

적이었는지를 깨달았다. 교육의 현장은 자기실현의 장이 되어서는 안 된다는 각성을 얻은 것이다. 나는 가르침의 현장에서 나를 먼저 생각했다. 아이들을 생각하는 마음이 물론 있었지만, 그 밑바닥에는 '내가 중요하다고 생각하는 것을 아이들도 중요하다고 생각해주기를 바라는 마음'이 자리했다. 그것이 내 자기중심성의 본질이었고, 나는 오랫동안 그 강력한 에고의 뿌리에서 벗어나지 못했다.

  파커 파머의 책을 통해 나는 그야말로 '다시 교단에 설 용기'를 얻는 기분이었다. 제목 자체가 뭉클하다. 가르칠 때 가장 필요한 것은 지식이나 연설의 기술이 아니라 마음 깊숙한 곳에서 우러나오는 '용기'임을 절절한 체험의 아픔으로 깨친 사람만이 지을 수 있는 제목이기 때문이다. 파머는 교육 현장에서 더없이 절실한 것은 '끊임없이 자기를 비춰 보는 자기 인식self-knowledge'과 '나의 실제 삶과 나의 교육 사이의 일체감'을 회복하는 일임을 일깨운다. 즉 교사가 가르치는 내용이 자신의 삶과 분열을 일으키지 않도록 하는 것. 나와 내가 전하는 메시지가 학생들로 하여금 공통의 기억을 형성하여 서로 이질감을 느꼈던 배움의 공동체가 서서히 새로운 기억의 공동체로 거듭나게 하는 것re-membering. '나는 공동체의 진정한 구성원이 아니다'라는 소외감에 빠진 학생에게 배움의 기억remembering을 통해 다시 공동체의 구성원으로 통합re-membering되는 희열을 경험하게 하는 것. 이것이 우리가 '가르칠 수 있는 용기'를 결코 포기해서는 안 되는 진정한 이유였다.

　"뭘 그렇게 스트레스를 받니", "그런 일로 상처받으면 애들 못 가르쳐" 하고 위로해주는 사람들이 있었지만 큰 도움이 되지 않았다. 그 모든 위로의 말이 오히려 '너는 성격이 예민해서 가르치는 일에 적합하지 않아'라는 말처럼 들렸다. 하지만 내 괴로움이 정상적이고 정당하며, 오히려 '아프고 쓰리지만 꼭 필요한 고통'임을 알게 되자 배움과 가르침을 바라보는 나의 눈 자체가 달라졌다. '가르치기를 그만둬야 할까'라는 질문 자체가 '가르치기를 마음 깊은 곳에서 원한다'는 사실의 반증임을 역설적으로 깨달았다. 교육 현장에서 느낀 아픔이 꼭 필요한 것이었음을 이해했다.

　나는 이제 안다. 나는 가르치는 일을 사랑하기 때문에 고통받는다는 것을. 그토록 사랑하지 않았다면 그토록 괴롭지 않았을 것이다. 그토록 잘 해내고 싶다는 강렬한 열망이 없었다면 그토록 아프지도 않았을 것이다. 내가 고통받을 때마다 사실은 '내가 가르치는 일을 사랑한다'는 증거를 경험하는 것, 즉 고통이 자기 인식의 또 다른 증거임을 알게 되자 마음이 한결 홀가분해졌다. 나는 스스로를 강하게 다그치기보다 이제 토닥토닥 달래기 시작했다. 강하게 몰아세우는 스파르타식 훈육은 나 자신의 치유에 맞지 않았다. 나는 요새 이렇게 스스로를 다독인다. 가르치는 일을 사랑하기에 상처받는 것은 너무도 당연하다, 그러니 지나치게 아파하지 말자. 때로는 그 슬픔에 흠뻑 빠져보자. 결국 가르칠 수 있는 용기는 나를 담대하고 당차게 바꾸는 용기이며, 아이나 학부모에게, 교육을 홀대하는 이 세상에 상처 입어도, 끝내 '가르침이라는 이름의 최고의 배움'의 여정을 포기하지 않는 용기가 아닐까.

파커 파머는 '교사를 비난하는 일'이 일상화된 현대사회의 모습을 속 시원히 해부한다. 오늘날은 '교사 때리기'가 하나의 대중 스포츠가 되어버린 시대라고. 현대사회의 수많은 갈등과 문제점에 지치고 겁먹은 사람들이 그 참을 수 없는 스트레스에 대한 희생양을 요구한다는 것이다. 그중 가장 만만한 희생양이 바로 교사라고 지적하는 글을 읽으며 그야

말로 '웃픈 미소'가 터져 나왔다. 슬프지만 부정할 수 없는 현
실이었다. "교사는 그중 만만한 타깃이다. 왜냐하면 교사는
아주 평범한 인종이고 또 반격할 만한 힘도 별로 없는 존재
이기 때문이다. 우리는 아무도 어떻게 다루어야 할지 모르
는 사회적 질병에 대하여, 교사들이 그 치유 방법을 모른다
며 비난한다." 교육 현장에서 진심으로 자기 자신의 한계와
사투를 벌이는 교사는 '나 스스로도 치유하지 못하는데 학
생들을 낫게 할 수 있을까'라는 문제와 반드시 싸우게 되어
있다. 나는 그 투쟁의 입구에서 서성였고, 이제 그만 고민을
멈추고 고통의 한가운데로 뛰어들 준비를 해야 했다. '나 자
신도 풀 수 없는 문제를 어떻게 아이들에게 해결하라고 요
구할 수 있을까'라는 질문은 중요하다. 그러나 질문의 프레
임을 바꾸어야 한다. '나 역시 어찌할 수 없는 문제이기에 학
생들과 함께, 내 강의를 들어주는 모든 사람과 함께 우리 인
생의 문제를 해결해 나아가야 한다'라고.

　나는 수업이 끝날 때 엄청난 질문 세례가 쏟아지는 순간
기쁨을 느낀다. 그 질문들이 나에게 진정으로 다시 가르칠
용기를 주기 때문이다. 그 수많은 질문을 단번에 해결해줄
수 없기에 뭔가 아쉬움을 느끼면서도, '한번에 모든 것을 가

르칠 수 있다는 환상'에서 벗어나자고 스스로를 달랬다. 순
간의 아쉬움 또한 당연한 것임을 알게 되었다. 파커 파머는
이렇게 이야기한다. "좋은 교육은 당분간 학생을 불만족한
상태로 남겨둔다. 이때 불만족은 학생들을 무시하고 횡설
수설하며 무능력한 교사한테서 얻은 그런 불만족이 아니다.
훌륭한 교사한테 배운 학생은 어떤 분노 같은 것을 느낀다.
자신의 편견과 자아의식이 동요된 데 따르는 분노 말이다.
이러한 종류의 불만과 분노는 진정한 교육이 이루어졌다는
징표이다." 학생들이 지금까지 당연하게 생각해왔던 세계관
이 틀릴 수도 있다는 것, 나 또한 어렵게 공부해온 지식이 완
전할 수 없음을 깨닫는 과정은 불편하고 쓰릴 수밖에 없다.
하지만 이 삐걱기림과 서걱거림을 이겨낼 때 나는 '가르침
이라는 최고의 배움'을, 학생들은 '배움이라는 최고의 가르
침'을 서로에게 기쁜 마음으로 선물해줄 수 있다.

  나는 학생들의 표정과 몸짓에 걸핏하면 상처받는 교사지
만, 그 못 말리는 예민함 덕분에 학생들이 배움의 현장에서
무엇에 상처 입는지도 금방 포착할 수 있는 마음의 안테나
가 생겼다. 아이들은 단지 훌륭한 지식을 전파하는 교사가
아니라 아픔에 귀를 기울여주는 선생님, 외롭고 지칠 때 따

스한 위로의 메시지를 건네는 친구 같은 스승을 원한다. 그
옛날 학창 시절 아주 외로웠던 내가, 그리고 우리 모두가 그
랬듯이. 나는 얼마 전 수업 시간에 '나의 잊을 수 없는 트라
우마'에 대한 글을 써보라는 과제를 내주었는데, 그 순간 아
이들의 눈빛에서 뭔가 폭발하는 듯한 광채가 뿜어져 나오는
것을 느꼈다. 아이들은 예상을 뛰어넘는 아픔의 역사를 내
게 털어놓았다. '말하기'로는 불가능한 내밀한 고통의 복잡
한 속내를 '글쓰기'로는 표현할 수 있었던 것이다. 몇 명의 학
생이 나와 일대일 멘토링을 할 때 오랫동안 참았던 울음을
터뜨렸고 나는 그들의 손을 잡거나 어깨를 안아주며, 당시
생각해낼 수 있는 모든 위로의 말을 꺼내보려 했지만, 나도
함께 가슴이 아파와 그저 같이 울기도 했다.

　'학생들 앞에서 절대 울어서는 안 된다'라는 마음의 장벽
은 이미 허물어져 온데간데없었다. 눈물이 흘러나오는 순간
은 결코 부끄러운 것이 아니라, '내가 나라고 믿었던 강력한
경계로부터의 해방'처럼 눈부시게 다가왔다. 우리는 그렇게
자신의 아픔을 새롭게 기억해냄으로써, 서로의 슬픔을 공유
하고 함께 아파하는 믿음의 공동체로 다시 태어나고 있었
다. 나는 이렇게 가슴 쓰라린 오늘도, 그리고 아마 오늘보다

훨씬 더 힘들 것임이 분명한 내일도, '가르침이라는 최고의
배움'을 마음속에 간직할 용기를 내고 있다. 매일매일 한 걸
음씩, 나와 학생들의 아픔을 다독이며, 아직 가르칠 수 있는
이 순간의 축복에 진심으로 감사하기 시작했다. 나는 비로
소 '가르침이라는 최고의 배움' 속에 깃든, 기쁨과 슬픔이 하
나로 어우러지는 마음의 춤을 추기 시작했다. 슬프지만 씩
씩하게, 아프지만 당당하게.

교단에 설 때 제일 가슴 아픈 순간은
배움의 기회 자체를 포기한 아이들의
멍한 눈빛을 마주할 때였다.
어떤 아이는 눈으로는 나를 보고 있으면서
마음으로는 이곳이 아닌
다른 머나먼 곳을 바라보고 있었다.
배움을 통해 무언가 소중한 것을
얻을 수 있다는
희망을 버린 아이들의 표정을 볼 때,
가슴 한구석이 무너져 내렸다.

너의
간절한
마음이
되어보는
밤

꽃게가 간장 속에

반쯤 몸을 담그고 엎드려 있다

등판에 간장이 울컥울컥 쏟아질 때

꽃게는 뱃속의 알을 껴안으려고

꿈틀거리다가 더 낮게

더 바닥 쪽으로 웅크렸으리라

버둥거렸으리라 버둥거리다가

어찌할 수 없어서

살 속으로 스며드는 것을

한때의 어스름을

꽃게는 천천히 받아들였으리라

껍질이 먹먹해지기 전에

가만히 알들에게 말했으리라

저녁이야

불 *끄고* 잘 시간이야

— 안도현, 「스며드는 것」, 『간절하게 참 철없이』,

   창비, 2008, 64쪽.

　'나와 다른 존재'의 아픔이 내 삶 속으로 가만히 스며들 때가 있다. 도저히 이해할 수 없었던 사람, 결코 용서할 수 없었던 사람이 오랜 시간이 지나서야 비로소 이해될 때가 있다. 그런 순간에는 내 존재가 커다랗게 번지는 느낌과 동시에, 지금까지 알고 있었던 세계가 와르르 무너지는 듯한 충격이 함께 느껴진다. 타인을 이해한다는 것은 나 자신의 한계를 뛰어넘는 멋진 일이고, 동시에 우리 자신의 익숙한 편견을 깨부수는 아픔이기도 하다. 영어 표현 중에 '입장 바꿔놓고 생각해보다'라는 숙어가 '다른 사람의 신발을 신어보다put oneself in someone else's shoes'라는 것이 쏙 마음에 들었다. 다른 사람의 신발을 신어보면 그래도 조금은 상상할 수 있지 않을까. 그 사람이 어떻게 걷는지, 그 사람이 어디서 누구와 함께 걸었는지, 마음속으로 그려보며 하루만 걸어본다면. 우리는 아무리 미운 사람도, 아무리 나를 아프게 하는 사람도 결국 이해할 수 있지 않을까. 하지만 입장 바꿔 생각해보는 것, 내가 하기 싫은 일을 타인에게 요구하지 않는 것, 나와 너무도 다른 사람을 가슴 깊이 이해하는 것은 참으로 어려운 일이다.

다른 사람의 입장을 이해하기도 어려운데, 사람이 아닌 다른 존재를 이해하는 것은 또 얼마나 어려울까. 그런데 안도현의 시 「스며드는 것」은 이 어려운 일을 너무도 쉽게 해낸다. 시인은 꽃게가 간장 속에 반쯤 몸을 담그고 엎드려 있는 모습을 가만히 바라본다. 등판에 간장이 울컥울컥 쏟아질 때, 꽃게는 얼마나 아프고 쓰라렸을까. 그런데 그 와중에도 꽃게는 배 속의 알을 지켜내기 위해 몸부림을 친다. 내 새끼만은, 내 새끼만은 지키고자 자꾸만 바닥으로 움츠러드는 꽃게의 모습이 눈앞에 선연하다. 꽃게는 버둥거리다가 몸부림을 치다가 어느 순간 이제는 그 어떤 저항도 소용없음을 깨달았을 것이다. 어찌할 수 없이 꽃게의 여린 살 속으로 스며드는 간장, 자신도 모르는 그 검은 액체로 인해 자신과 새끼들이 함께 사라질 운명임을 알아차렸을 것이다. 독자는 어느새 꽃게의 마음속으로 흠뻑 스며들어 버린다. 간장이

온몸으로 흘러들 때, 그것이 무엇인지 몰라 '한때의 어스름'
이라 느꼈을 꽃게의 마음이 되어본다. 꽃게는 생각했을 것
이다. 내 새끼들을 덜 놀라게 할 방법은 없을까. 내 새끼들이
덜 아프게 할 방법은 없을까. 옳지, 그래, 이렇게 말해주어야
지. 얘들아, 저녁이야. 이제 불 끄고 잘 시간이야.

어찌할 수 없는 상황을 받아들이기까지 자신과 함께 사
라져야 할 새끼들을 마지막까지 꼭 끌어안고 있었을 꽃게의
간절한 마음이 되어보는 밤. 우리는 아무 생각 없이 꽃게를
맛있게 먹었던 그 모든 순간을 아프게 되돌아본다. 꽃게를
단지 바라보고 맛보는 것에 그치지 않고, 꽃게가 경험했을
그 모든 시간을 천천히 곱씹어보는 시인의 마음이 되어본
다. 그렇게 우리는 나만 생각하는 삶을 넘어 나 아닌 존재들
의 아픈 목소리에 귀 기울이는 법을 배운다. 말을 할 줄 알고
글도 쓸 줄 알며 온갖 손짓 발짓으로 의사 표현을 할 수 있는
인간조차 이토록 서로를 이해하기 어려운데, 말 못하는 존
재들은 얼마나 아프고 서럽고 무서웠을까.

가끔은 빛나는 것, 화려한 것, 유별난 것을 바라보며 경탄
하는 대신, 눈에 잘 띄지 않는 것, 수수하고 소박한 것, 너무

작아 보이지도 않는 것들의 목소리를 들어보면 어떨까. 그
때 우리는 비로소 깨닫게 될 것이다. 나와 전혀 상관없어 보
이는 것, 때로는 내가 너무나 원망했던 존재까지도, 어느새
나 자신의 소중한 일부였음을. 우리는 보이지 않는 수많은
연결 고리로 서로를 붙들고, 서로를 그리워하고 필요로 하
며, 결국은 서로를 지켜주고 있음을.

소설가
이청준
선생의
밥그릇
이야기

　어린 시절 나는 이청준 선생의 작품을 읽으며 '내가 작가가 된다면, 바로 이런 작가가 되고 싶다'는 꿈을 키웠다. 아직 그 꿈을 이루지는 못했지만, 지금도 이청준 선생은 틈날 때마다 내가 의지하는 마음의 아름드리 거목巨木이다. 시대의 유행에 타협하지 않고, 항상 자신만의 고유한 예술적 신념을 지키는 작가 하면 가장 먼저 떠오르는 사람, 그분이 바로 이청준 선생이었다. 그런 분이 돌아가시고 나서야 나는 선생께서 평생 가난에 시달리셨다는 사실을 알게 되었다. 어린 시절부터 늘 존경하던 작가였기에, 이렇게 수많은 독자의 사랑을 받은 분이, 이렇게 수많은 작품을 쓰신 분이, 가난 때문에 고생하셨을 것이라고는 꿈에도 생각지 못했다.

　그렇게 평생 청렴하게 살다 가신 이청준 선생이 겪으셨

을 온갖 파란만장한 인생사를 탐색해보던 중 아름다운 수필 한 편을 알게 되었다. 「선생님의 밥그릇」이라는 작품인데, 이 속에는 이청준 선생의 중학교 담임 선생님에 얽힌 추억이 담겨 있다. 전쟁의 혼란과 궁핍 속에 살아가던 1950년대 초·중반, 노진 선생님은 이청준을 비롯한 여러 학생에게 '재미있는 선생님'으로 통하던 분이었다고 한다. 37년 만에 동창회에서 만난 선생님은 신기하게도 밥을 절반이나 덜어내고 드셨다. 이제 중년이 된 제자들은 선생님의 건강을 걱정하며 물었다. "전에도 선생님께선 늘 수저를 드시기 전에 먼저 진지를 많이 덜어내시던데 혹시 소식 요법이라도 계속하고 계신 거 아니신지요?" 알고 보니 '밥공기 절반 덜어내고 먹기'는 건강을 위한 소식 요법이 아니라 선생님과 제자 문상훈 군 사이의 애틋한 사연이 담겨 있는 습관이었다.

노진 선생님은 벽지 시골에서 올라와 낯선 도시 생활에 어려움을 겪는 아이들에게 친구 같은 선생님, 걸핏하면 장난을 걸기 좋아하는 분이었다. "오늘 아침 운동장 조회 때 똑바로 줄 서지 않았다가 나한테 호명당한 일곱 명 일어서봐⋯⋯ 너희가 오늘 청소 당번이다." "책가방 속에 만화책을 숨겼다 들통이 난 아이는 그 허물로 공부를 소홀히 한 죄, 중

학생의 품위를 떨어뜨린 죄, 선생님의 주의를 어긴 죄, 그리
고 선생님을 속이려 한 죄"가 적용되어 '청소'를 벌칙으로 받
았단다. 별의별 사소하고 해괴한 이유로 청소 당번이 정해
졌기에, 아이들은 언제 어디서 벌칙을 받을지 몰라 선생님
앞에서 긴장하곤 했지만, 그 긴장조차 '재미있는 놀이'처럼
느껴졌다.

그러던 어느 날, 노진 선생님은 아이들이 혹시 점심을 거
를까 봐 '도시락 검사'를 시작하셨다. 도시락 통을 열어보고,
점심을 먹지 않은 아이에게 벌 청소를 시키는 것이었다. 가
난한 살림 때문에 점심 도시락을 싸 가지 못하는 학생들이
있었기에, 선생님의 '배려'는 오히려 아이들에게 '상처'로 남
을 수 있었다. 몇몇 아이가 배를 곯으며 벌 청소를 한다는 사
실을 몰랐던 선생님에게 어느 날 한 친구가 문상훈이라는
아이가 도시락을 안 먹었다며 고자질을 한다. "도시락은 늘
가지고 다녔지만, 난 네가 한 번도 점심시간에 도시락을 꺼
내 먹는 거 못 봤다. 넌 종례 시간에만 도시락을 내놓고 벌
청소를 빠지더라……" 선생님이 미심쩍은 눈빛으로 상훈에
게 다가가자 상훈은 우물쭈물하며 도시락 통을 열어 보였
고, 그 도시락 통의 숨은 사연은 오직 선생님만 목격하셨다.

하지만 반 아이들 모두가 '텅 빈 도시락'의 속내를 짐작하게 되었고, 그 후 선생님은 결코 도시락 검사를 하시지 않았다고 한다.

그때 선생님은 어린 상훈을 불러 이렇게 말씀하셨다. "이제부터 나는 매끼 내 밥그릇의 절반을 덜어놓고 먹기로 했다. 비록 너나 네 어려운 이웃들에게 그것을 직접 나눌 수는 없더라도 누가 너를 위해 늘 자기 몫의 절반을 나누고 있다는 것을 기억해라. 그 밥그릇의 절반만큼 한 마음이 언제고 너의 곁에 함께하고 있음을 알고 앞으로의 어려움을 잘 이겨나가도록 하여라……" 선생님은 무려 37년 동안이나 '배고픈 다른 사람'을 생각하며 자기 몫의 절반을 덜어놓고 밥을 드셨던 것이다. 이제 어엿한 중년의 가장이 된 상훈은 이렇게 말한다. "선생님께선 그 몇 마디 말씀과 함께 제 등을 한 번 툭 건드려주시는 걸로 다시 저를 돌려보내 주셨지요. 그리곤 다신 그 일을 아는 척을 않으셨고요…… 하지만 전 그 후로 언제 어디서나 그 선생님의 절반 몫의 양식을 제 곁에 가까이 느끼며 지내왔습니다."

'밥 덜어내고 먹기'는 소식 건강 요법이 아니라, 배고픈 학생을 생각하는 스승의 자애로운 마음이었던 것이다. 물론 그 절반의 밥그릇을 누군가에게 직접 줄 수는 없더라도, '누군가가 나를 생각하며 절반의 자기 몫을 내려놓는다'라는 상상만으로도, 배고픈 소년의 마음은 커다란 위로를 받지 않았을까. 우리는 평생 '제 몫의 밥그릇'을 차지하기 위해 길고 어려운 싸움을 해야 한다. 하지만 '누군가가 밥을 먹을 때마다 나를 생각하고 있다는 것'을 느낀다면, 우리는 아무리 힘든 상황에서도 커다란 용기를 얻을 수 있지 않을까.

그대
목소리
내게
들리지
않아도

　얼마 전 산길을 거닐다가 껍질이 벗겨져 속살이 드러난 나무 한 그루를 발견했다. 껍질 사이로 드러난 나무의 속살, 그 속의 꾸밈없는 무늬가 더없이 아름답다고 생각했다. 게다가 껍질이 벗겨진 나무에서는 달콤한 수액 향기가 은은하게 배어 나왔다. '나무는 다쳤을 때조차 품위를 잃지 않은 채 꼿꼿하고 향기롭구나' 그렇게 생각했다. 얼마 전 나무에 대한 책을 읽기 전에는. 우연히 페터 볼레벤의 『나무수업』을 읽다 나무가 흘린 수액은 바로 '나무의 피'라는 사실을 알게 되었다. 딱따구리는 나무의 수액을 노리고 신나게 나무를 쪼아대고 나무는 자신의 체액을 딱따구리에게 내어주며 마치 인간이 피를 철철 흘리듯 커다란 손실을 입는단다. 그제야 '딱따구리가 쪼아댄 나무의 생살은 얼마나 아플까, 벌레가 할퀴고 간 나무의 피부는 얼마나 깊은 상처를 입었을까'

라는 질문을 던지지 못한 내 무심함이 부끄러워졌다. 나는
나무를 향기를 발산하는 사물로, 지극히 효용론적 관점에서
이해했던 것이다.

　말 못하는 존재의 이야기를 듣는다는 것은 단지 관찰력의
문제가 아니라 세계를 바라보는 마음가짐의 문제다. 즉 인
간의 감각기관만으로는 제대로 포착되지 않는 세계 앞에서
새로운 질문을 던지는 마음가짐이다. 동물을 잔인하게 학대
하는 사람은 '고양이나 개는 인간보다 고통을 덜 느낀다'라
는 식으로 자기 합리화를 하며, '동물도 아픔을 피하고 기쁨
을 추구한다'는 사실에 대한 질문을 던지지 않는다. 수많은
동물이 비명조차 지르지 못한 채 고통을 당하고, 식물 또한
인간의 언어로 말하지 않을 뿐 나름의 신호체계가 있다. 소
리 지를 수 없다 해서, 말을 할 수 없다 해서, 덜 아프고 덜 무
서운 걸까.

　우리 감각의 한계는 들리는 것만을 들으려 하고 보이는
것만을 보려 한다는 점이다. 드러난 언어, 멋들어진 언어에
매혹되느라 숨죽인 언어, 언어가 아닌 신호, 엄청나게 주의
를 기울이지 않으면 결코 포착할 수 없는 온갖 기호에 무심

했던 것이다. 인간의 언어뿐 아니라 동물과 식물의 각종 신
호, 사물의 흔적, 말로 표현하기 어려운 분위기나 미묘한 뉘
앙스에까지 주의를 기울여야 비로소 '소통'의 비밀이 우리
앞에서 베일을 벗기 시작한다. 언어가 없는 곳에서도 언어
를 발견하는 것, 소통의 신호가 보이지 않는 곳에서도 그 보
이지 않는 암호를 읽으려 하는 마음가짐이야말로 세계의 비
밀에 한 발짝 다가가는 몸짓이다.

  식물 또한 결코 소극적으로 자신을 표현하는 것이 아니
다. 인간이 식물의 언어를 제대로 이해하지 못할 뿐이다. 무
려 3천 년 가까이 생존한 자이언트 세쿼이아는 수십 차례 산
불을 겪으며 오히려 더욱 강해졌다. 나무는 오랫동안 산불
과 비바람을 견디며 1미터에 달하는 수피樹皮 속에 물을 보
관하여 일주일 넘게 계속되는 불길도 견딘다. 이 나무의 솔
방울은 200℃ 이상의 고온에서 씨앗을 내놓는데, 주변 나무
들이 불에 타 죽어가는 동안에도 기필코 새싹을 틔워 위기
를 극복해낸다. 유영만의 『나무는 나무라지 않는다』에서 읽
은 나무들의 비밀스러운 사랑 이야기다. 나무는 온몸의 열
정을 다 바쳐, 인간을 뛰어넘는 적극성으로 사랑의 씨앗을
퍼뜨려왔던 것이다.

　어쩌면 『아낌없이 주는 나무』 같은 이야기에서 느낀 감동 또한 철저히 인간 중심적인 차원이 아니었을까. 시원한 그늘을 제공해주고, 집을 짓는다며 나무를 베어 가고, 마지막 남은 그루터기마저 벤치로 쓰이는 나무의 입장에서 보면, 나무는 아낌없이 주는 것이 아니라 하염없이 빼앗기기만 한 것은 아닌지. 우리는 '보이지 않는 언어'에 귀 기울여야 한다. 드러난 표현뿐 아니라 말로써 미처 전달되지 않는 것, 침묵이나 여백 속에 존재하는 망설임, 언어로써 차마 표현되지 못하는 타인의 슬픔까지도 보듬어 안는 마음 챙김이 필요하다. 상대의 안타까운 눈빛에서, 망설임의 몸짓에서, 발화되지 못한 언어의 흔적을 발견하는 몸부림이야말로 우리가 서로를 끝내 이해하고 존중할 수 있는 희망이다. 세상이 각박해질수록 언어도 신호도 없이 오직 마음속으로만 비명을 지르는 사람이 많아진다. 들리지 않는 목소리로 '나는 참을 수 없이 아프다'라고 절규하는 존재들의 슬픔에 귀 기울이는 새해가 되었으면. 이 추운 겨울, 우리보다 더 춥고 더 외로운 존재가 소리도 없이, 언어도 없이 외치는 신음 소리를 들을 수 있는 따뜻한 마음의 귀가 살아나는 겨울이 되기를.

왜
몰라요,
나도
사람이라는
걸

　'얼마나 험한 일을 겪었으면 이런 문구를 붙여놓을까' 싶을 때가 있다. 제주도의 한 빵집에 갔다가 다음과 같은 메모를 보았다. "반말은 삼가주세요." "돈과 카드는 던지지 않는 센스!" "주문은 끝까지 해주세요!" 계산대를 지키는 점원에게 반말을 아무렇지도 않게 내뱉는 사람, 돈이나 카드를 되는 대로 집어 던지며 불쾌감을 주는 사람, 주문도 끝까지 하지 않고 대충 말하고 휙 가버리는 손님들 때문에 점원들은 얼마나 감정 노동의 스트레스를 견뎌야 했을까. 특히 "반말은 삼가주세요"라는 문장 뒤에는 울고 있는 모양의 "ㅜㅜ"라는 이모티콘이 붙어 있어 점원들이 느꼈을 마음의 상처가 더욱 생생하게 전달되었다. '손님은 갑, 무조건 손님이 왕'이라는 식의 권위적인 사고방식이 이런 폭력적인 언어 습관을 낳은 것이다.

"점원과 손님의 접촉을 차단하는 언택트untact 마케팅이 대세"라는 내용의 최근 신문 기사 또한 마음을 아프게 한다. 접촉을 뜻하는 콘택트 앞에 부정의 접두사 un을 붙인 신조어 언택트는 그 자체가 사람의 마음을 아프게 하는 말이다. 물론 점원의 개입 없이 조용하게 혼자 구매 결정을 내리고 싶어 하는 손님들 마음은 이해하지만, 그렇다고 "언택트 마케팅이 대세"라며 점원의 개입 자체를 막는 행위는 지나친 것 아닐까. 정말 점원의 도움 없이 인공지능 로봇을 등장시켜 최소한의 개입만 하는 것이 미래 지향적인 마케팅인가. 점원 없는 매장에서 로봇이나 기계만을 상대해야 하는 낯선 상황에 당황하는 손님도 많을 것이다. 기업의 이익만을 생각하는 이런 사고방식은 점원뿐 아니라 손님의 마음에도 상처를 준다. 손님들은 점원의 과도한 개입을 부담스러워하는 것이지 친절하고 배려심 깊은 서비스 자체를 싫어하는 것이 아니다.

과도한 존댓말이나 경어체의 사용을 유도하는 문화도 손님과 점원의 거리감을 가중시킨다. "주문하신 음식 나오십니다!"라는 식의 문장을 직원들에게 교육시키는 문화는 손님뿐 아니라 음식에까지 과도한 높임말을 씀으로써 손님과 점원의 거리감을 가중시킨다. "사랑합니다, 고객님!" 같은 과잉된 애정 표현 또한 거부감을 불러일으킨다. 사랑은 손님과 고객 사이에 어울릴 만한 단어가 아니지 않은가. 이런 과도한 표현은 '사랑'이라는 단어가 지닌 본래의 의미마저 퇴색시킨다. 존중과 배려면 충분한 상황에서 친밀한 관계에나 어울릴 만한 애정이나 과도한 극존칭을 요구하는 직원 교육은 손님과 점원 사이의 불필요한 감정 노동을 격화시킨다.

　현재 우리가 쓰고 있는 존칭과 높임말은 많은 부분 권위주의와 위계질서를 중시하는 집단적 심성으로부터 자유롭지 못하다. 손님과 점원 사이의 관계에서 정작 중요한 것은 과도한 높임말이나 불편한 경어체가 아니라 '내가 하고 있는 일에 대한 자부심'과 '내가 관여하고 있는 상품이나 서비스에 대한 자긍심'이다. 직원들이 자신이 하는 일에 대한 참된 보람을 느낄 수 있도록 직원들의 복지에 진정으로 관심을 가지는 기업, 손님의 '대접받을 권리'만큼이나 직원의 '존중받을 권리' 또한 잊어버리지 않는 손님의 태도가 이런 감정 노동의 악순환을 끊어낼 수 있을 것이다. 김현경의 『사람, 장소, 환대』에서는 경어체나 존댓말이 엄격한 사회일수록 일상적인 감정 노동이 과도하게 이루어지는 사회이며,

미처 처리하지 못한 감정의 찌꺼기들이 뒷골목에 범람하는 사회임을 지적한다. 자신의 스트레스를 다른 서비스 업종의 점원에게 화풀이하듯 쏟아내는 사람들이 많은 사회는 결국 감정 노동의 악순환을 끊어내지 못하는 사회가 아닐까.

　모든 감정 노동의 스트레스를 아랫사람이나 부하 직원에게 떠넘기는 사회는 결국 일상 속의 민주주의는 물론 솔직하고 자유로운 의사소통 자체가 불가능한 꽉 막힌 사회가 되어버리고 만다. 이광수의 『흙』에는 주인공 '숭'이 조선인을 차별하는 일제 순사 앞에 용감하게 맞서는 장면이 나온다. 한 순사가 숭에게 "당신 무엇이오?" 하고 위협적으로 묻자, 숭은 당당하게 말한다. "나 사람이오." 곁에 섰던 다른 순사는 "그런 대답이 어디 있어?" 하며 발끈하고, 결국 세 번째 순사가 숭의 따귀를 갈기지만, 숭은 굽히지 않고 '나는 그저 사람이기에 존중받을 권리가 있음'을 증명한다. 바로 이런 용기야말로 어떤 상황에서도 인간의 존엄을 지키는 최고의 무기이며, 존댓말이나 높임말보다도 인간을 더욱 아름답게 존중하는 길이 아닐까. 언어는 최고의 고통을 주는 무시무시한 무기가 될 수도 있지만, 우리 모두를 '상처 입은 치유자'가 될 수 있도록 만드는 '실현 가능한 마술'의 또 다른 이

름이기도 하다. 우리는 어떤 직업이나 사회적 위치로 평가
되기 이전에, 우선 '사람'이다. 그러므로 어떤 상황에서도 내
존엄을 지킬 권리가 있다.

순사가 바싹 숭의 가슴 앞에 와 서며,
"당신 무엇이오?"
하고 무뚝뚝하게 물었다.
"나 사람이오."
하고 숭도 불쾌하게 대답하였다.
"그런 대답이 어디 있어?"
하고 곁에 섰던 순사가 숭에게 대들었다.
"사람더러 무엇이냐고 묻는 법은 어디 있어?"
하고 숭도 반말로 대답했다.

— 이광수, 『흙』 중에서

하워스,
브론테
자매의
흔적을
찾아서

　　이야기의 첫 장면을 읽는 순간, '이곳에 꼭 가고 싶다'는
생각을 품어 안게 하는 장소들이 있다. 『피터팬』의 네버랜
드 같은 상상의 장소는 물론, 『맥베스』의 배경이 된 황량
한 스코틀랜드의 평원, 『레미제라블』에서 손에 잡힐 듯 생
생하게 그려지는 그때 그 시절의 파리까지. 그런 장소들은
지상에 존재하지 않거나 이제는 '그때 그 시간의 장소'와
는 너무나 달라져버린 곳이다. 그런데 소설 속 장소와 실제
장소가 그리 많이 변하지 않은 곳도 있다. 바로 『폭풍의 언
덕』의 배경이 된 영국의 하워스Haworth 같은 곳이다. 그 시
절과 똑같을 순 없겠지만 브론테 자매가 살았던 시대의 산
과 들, 교회와 학교 등이 거의 그대로 보존되어 있어 '아, 여
기가 소설 속 그 장소로구나' 하는 강력한 기시감旣視感을 느
끼게 된다.

증기기관차를 타고
떠나는 시간 여행

하워스 가는 길은 낭만이 넘친다. 기차 여행을 좋아하는 사람이라면 키슬리Keighley 역을 거쳐 꼭 증기기관차를 타고 하워스로 가기를 권한다. 영국 요크셔Yorkshire 지방의 변화무쌍한 산과 들의 아름다움을 증기기관차의 느릿느릿한 흔들림 속에서 느낄 수 있는 여정이다. 키슬리에서 출발하는 증기기관차를 타는 사람들은 모두 시간 여행자처럼 보인다. 열차를 타는 순간 지금이 21세기라는 시간 감각이 사라진다. 특히 검표원이 직접 나와 한 사람 한 사람씩 옛날식 마분지 기차표에 구멍을 뚫어주며 정겹게 인사하는 장면을 보면, 마치 타임머신을 타고 영국의 19세기로 날아든 것 같은 기분 좋은 환상에 흠뻑 빠지게 된다.

하워스까지는 런던에서 운전을 하거나 버스를 타면 3시간 50분 정도 소요되고, 런던에서 핼리팩스Halifax와 헵덴 브리지Hebden Bridge 역을 거쳐 가면 3시간 40분 정도가 걸린다. 하지만 나는 증기기관차를 타기 위해 조금 더 복잡한 여정을 택했다. 런던에서 리즈Leeds를 거쳐, 리즈에서 키슬리로, 키슬리에서 하워스로 여러 번 기차를 갈아타야 하지만 그 불편함이 결코 헛되지 않았다. 하워스로 가는 길 곳곳에서 만난 옛 시절의 풍광과 순박한 사람들의 표정이 한겨울의 추위마저 녹여주는 느낌이었다. 여름에 갔다면 좀 더 아름답고 생기발랄한 하워스의 모습을 담아 올 수 있었겠지만 『폭풍의 언덕』의 황량하고 스산한 느낌을 그대로 느끼기 위해서는 겨울 여행이 제격이었다.

『폭풍의 언덕』의 첫 장면에서 하워스는 이렇게 그려진다. "이 얼마나 아름다운 장소인가! 잉글랜드 전역을 뒤져봐도 세상의 시끌벅적함으로부터 이보다 더 동떨어진 곳을 찾아낼 수 있을까. 인간 혐오증 환자에게는 더없는 천국임에 틀림없다. 게다가 히스클리프와 나는 이러한 적막감을 공유하기 딱 좋은 한 쌍이다." 이 장면을 읽다 보면 강퍅하고 성마른 인상을 숨기지 못하는 남자, 누구에게도 길들여지지 않을 듯한 야성의 남자 히스클리프가 하워스의 골목 어귀 어딘가에서 튀어나올 것만 같다.

무엇이 이 속세와 동떨어진 작은 시골 마을에 무려 7만여 명의 관광객이 매년 찾아오도록 만드는 것일까. 그것은 역

시 브론테 자매의 힘이다. 20~30대에 요절한 이 안타까운
자매의 사연은 지금도 평범한 시골 마을 하워스를 위대한
예술의 탄생 공간으로 만들어준다. 하워스는 브론테 자매의
흔적을 빼고는 그리 특별한 볼거리가 없고 이런저런 관광자
원이 풍부한 곳도 아니지만, 하워스로 가는 길은 참으로 유
서 깊고 고풍스럽다. 키슬리 역에서 하루 동안 자유롭게 영
국의 옛날 증기기관차를 탈 수 있는 티켓을 끊으면, 하워스
는 물론 다섯 개의 전형적인 요크셔 지방 시골 마을을 마음
대로 오르내릴 수 있다. 하워스는 그중에서도 '브론테 마을'
로 유명한 곳이다. 샬럿 브론테와 에밀리 브론테, 그리고 막
내 앤 브론테가 자라난 곳이며, 브론테 자매의 아버지가 교
구 목사로 일하던 곳이다. 지금도 샬럿 브론테와 에밀리 브
론테가 설립한 학교가 남아 있다.

너무 잦은 죽음
너무 커다란 불행

하워스의 겨울은 혹독하다. 겨울
에 방문한 나에게는 하워스의 모진 바람과 추운 날씨가 마

치 『폭풍의 언덕』의 첫 장면처럼 스산하게 느껴졌다. 브론테 가문의 유달리 잦은 죽음도 바로 이런 가혹한 날씨 때문이 아니었을까 의심이 될 정도로, 하워스의 겨울 날씨는 우중충했다. 대낮에 방문했는데도 마치 금방이라도 땅거미가 질 것처럼 어둡게 느껴지는 하워스 곳곳에서는 살을 에는 듯한 칼바람이 불었다. 하지만 브론테 자매의 유해가 묻혀 있는 교회와 브론테 박물관은 마치 어둠 속에서 반짝이는 샛별처럼 희망을 주었다. '저 안으로 들어가면 브론테 자매의 흔적을 만날 수 있겠지' 하는 기대와 설렘으로 내 가슴은 두근거렸다.

브론테 자매의 유해가 잠들어 있는 하워스 교회에 들어가니 알록달록한 스테인드글라스로 장식된 내부가 무척이나 따뜻하게 느껴진다. 겨울이라 관광객은 거의 없었지만 실내에 들어가는 것만으로도 추위에 떨었던 몸은 금세 따뜻해졌다. 브론테 자매의 유해가 묻힌 쪽의 기둥에는 두 작가의 삶을 기리는 글이 선명하게 새겨져 있었고, 근처에는 샬럿 브론테의 출생증명서와 결혼사진, 친필 편지 등이 유리 상자 안에 소중히 보관되어 있었다. 브론테 집안은 원래 여섯 남매였는데, 두 명의 언니는 어렸을 때 폐결핵으로 죽고, 넷째

브랜웰 역시 젊은 나이에 사망했다. 샬럿과 에밀리와 앤은
모두 작가가 되었지만 세 사람 모두 30대와 20대에 요절하
고 말았다.

그 짧은 인생 동안 그녀들이 이룬 성취는 실로 눈부시다.
샬럿의 『제인 에어』나 에밀리의 『폭풍의 언덕』 말고도 여러
편의 작품이 남아 있고, 그들은 고향인 하워스에 학교를 세
워 열정적으로 아이들을 가르쳤다. 무엇보다도 여성이 작가
로 살아가는 것이 하늘의 별 따기만큼이나 어려웠던 시절,
샬럿·에밀리·앤 자매는 모두 작가가 되어 '남성들의 세계'에
도전했다. 그것도 런던이나 에든버러 같은 커다란 도시가
아닌, 머나먼 시골 마을 하워스에서 말이다.

1816년에 태어난 샬럿 브론테의 인생에서 죽음은 마치
너무 자주 나타나는 복병처럼 그녀의 삶에 깊은 그늘을 드
리웠다. 1821년 샬럿이 겨우 다섯 살 때 어머니가 돌아가셨
고, 1825년에는 샬럿의 언니인 마리아와 엘리자베스가 사
망한다. 브론테 가문의 사람들은 대부분 단명했고, 결혼하
지 않은 채 사망한 경우가 많아 자손도 거의 찾아볼 수가 없
다. 하지만 샬럿 브론테와 에밀리 브론테가 남긴 작품은 여

전히 세계문학사에서 유례가 없는 놀라운 성취로 빛나고 있다. 그들은 인간의 우울과 슬픔에 대해 본격적으로 파고든 최초의 근대적 여성 작가가 아니었을까.

제인 에어와
폭풍의 언덕

『제인 에어』와 『폭풍의 언덕』모두 아주 침울하고 스산한 분위기로 시작된다. 제인 에어는 자신을 사랑하지 않는 친척 집에 얹혀사는 천덕꾸러기로 살아가며 그들의 잔소리로 괴로워하고, 사랑받으며 자라는 사촌 아이들에 대한 굴욕감과 열등감을 느낀다. 『폭풍의 언덕』은 한술 더 뜬다. 소설의 첫 장면에서 록우드는 이곳이 흥미롭고 매혹적인 고장이라서가 아니라 '세상과 동떨어진 곳' '염세가들이 좋아할 만한 곳'이라서 하워스를 택했다고 선언한다. 세상을 싫어하는 염세가에게는 천국이겠지만, 세상과 섞여 살아가고 싶어 하는 사람에게는 지옥 같은 곳이 바로 폭풍의 언덕이었던 것은 아닌지.

부모님이 일찍 돌아가신 탓에 고아가 되어버린 제인 에어를 '키운다'기보다는 '학대'하는 리드 부인은 이제 겨우 열 살밖에 되지 않은 제인에게 이렇게 충고한다. "네가 더 상냥하고 아이 같은 성품을 지니려고 노력하고 더 애교 있고 명랑한, 말하자면 더 밝고 솔직하고 자연스러운 태도를 지니려고 진심으로 노력하고 있다는 것을 베시의 말을 통해서나 내 눈으로 직접 볼 때까지는 느긋하고 행복한 아이들에게만 주어지는 특권으로부터 너를 제외시켜야겠다." 마치 제인이 좀 더 싹싹하고 어린애다워지기라도 하면 그녀를 사랑해주기라도 할 것처럼. 하지만 리드 가문의 사람들은 깨닫지 못하고 있다. 사실은 제인 에어가 어린이답지 못해서가 아니라 그들이 제인 에어를 보통 어린이로 대해주지 않았기 때문이라는 것을. 그들은 제인을 천덕꾸러기 고아로 여겼고 자신이 엄청난 혜택을 주는 것처럼 생색을 내었다. 어린이는 그저 어린이라는 이유만으로 사랑받을 권리가 있지 않은가. 제인 에어에게는 바로 그런 조건 없는 사랑, 무조건적인 사랑의 경험이 없었다. "어른한테 그런 식으로 질문하는 아이에게는 오만 정이 떨어져. 어디든 앉아 있어라. 상냥하게 말할 수 있을 때까지는 아무 말도 하지 마라."

한편, 샬럿의 동생 에밀리가 그려낸 작품 속 세계는 한층 더 우울하고 스산하다. 『폭풍의 언덕』을 읽는 체험은 마치 세상에서 가장 슬프고 무서운 공포 영화를 보는 느낌을 준다. 눈보라 치는 겨울, 마치 다시는 봄이 올 것 같지 않은 폐허 속에서, 이미 죽어버린 여인 캐서린의 유령이 록우드가 혼자 잠든 창문을 세차게 두드리며 이렇게 외친다. "제발 나를 안으로 들여보내 주세요." 이미 이 세상 사람이 아닌 아름다운 여인 캐서린의 유령은 작품 전체를 지배하는 불안과 공포의 정서를 증폭시킨다. 캐서린의 유령은 마치 안개처럼 마을 전체를 드리우고 있어서 이 마을에는 그녀의 흔적이 스미지 않은 장소란 없는 것만 같다. 하지만 『폭풍의 언덕』의 진짜 매력은 이 서늘한 공포가 아니라 그 공포를 딛고 일어서는 눈부신 사랑의 힘이다. 오누이처럼 자란 캐서린과 히스클리프는 신분의 차이를 딛고, 마침내 죽음과 삶이라는 경계조차 뛰어넘어 서로를 향한 완전한 합일에 이른다.

시대와 불화할수록
강인해진 그녀들

에밀리와 샬럿 브론테의 삶은 작품 속 주인공들 못지않게 용감했다. 1844년 샬럿이 28세, 에밀리가 26세 때 두 사람은 고향인 하워스에 학교를 설립하려고 했다. 여성이 글을 쓴다는 것을 누구도 환영하지 않았던 시대에 그들 자매는 모두 작가가 되었다. 1846년 세 자매 샬럿·에밀리·앤 브론테의 시집『커러, 엘리스, 액턴 벨의 시집Poems by Currer, Ellis, and Acton Bell』을 출판했고, 샬럿은『교수』라는 작품을 여러 출판사에 보냈지만 거절당했으며, 그 쓰라린 상처를 안고『제인 에어』를 집필했다. 1847년은 샬럿과 에밀리, 그리고 앤에게 운명적인 해였다. 샬럿의『제인 에어』, 에밀리의『폭풍의 언덕』, 앤의『아그네스 그레이』가 모두 1847년에 출판되었기 때문이다. 하지만 샬럿은 1854년 아버지의 부목사인 A. B. 니콜스와 결혼한 뒤 바로 이듬해에 사망하고 만다.

너무 일찍 안타깝게 세상을 떠난 브론테 자매의 삶을 돌아보며 그들의 작품을 읽으면 그들이 감당했을 삶의 짐이 얼마나 무거웠을지, 그럼에도 불구하고 그들의 작품이 얼마나 강인한 불굴의 의지 속에서 태어난 것인지를 새삼 느끼게 된다. 제인 에어가 생애 최초로 자신을 괴롭히는 타인에게 당당하게 맞서는 장면은 언제 읽어도 매번 싱그러운 감동으로 다가온다. 사촌 존은 제인이 책을 읽는 모습조차 못마땅해하며 그녀를 괴롭힌다. "너한테는 우리 책을 마음대로 볼 자격이 없어. (…) 너는 구걸하러 다녀야 할 처지이지 우리 같은 양갓집 자제들과 여기 살면서 우리하고 똑같은 밥을 먹고 우리 엄마가 사준 옷을 입어서는 안 될 처지야." 제인 에어가 보는 책조차 '내 책'이라며 볼 수 없게 만든 존 리드는 책을 제인에게 던졌고, 제인은 넘어지면서 문에 부딪히는 바람에 머리가 찢어졌다. 엄청난 고통이 그녀를 엄습한다. 바로 그때 제인이 소리친다. "못되고 잔인한 놈!" "이 살인자, 노예 감독관, 로마 황제들 같은!" 열 살에 이미 로마의 역사를 꿰고 있던 제인은 자신을 괴롭힌 사촌 오빠가 '네로와 칼리굴라 같은, 천하의 사악한 악당'이라고 생각했다.

　제인 에어는 자신의 가치를 깎아내리는 사람들 틈바구니에서 결코 굴하지 않았다. 그들이 제인을 혐오하고 비하할 때마다 제인은 오히려 강인해졌다. 결코 꺾이지 않는 자존심의 주인공이 되기 위해 제인 에어는 피나는 노력을 했다. 끊임없이 공부를 하고 책을 읽고 그림을 그리고 세상을 관찰했다. 제인 에어의 반짝이는 지성이 상처 입은 그녀 자신의 영혼을 구원한 것이다. 브론테 자매의 용기와 열정을 여전히 간직한 하워스는 오늘도 정겨운 증기기관차의 방문을 기다리며 '여자는 훌륭한 작가가 될 수 없다'는 견고한 사회적 통념의 유리 천장을 깨부순 이 눈부신 여성들의 용기를 기리고 있다.

느릿느릿한 삶의 방식이
고스란히 자리한 마을

이제는 '브론테 마을'이라 불러도 좋을 이 작은 시골 마을에서 사람들은 대도시의 온갖 북적임과는 거리가 먼 외딴 장소에서 그 자체로 충만한 삶을 영위하고 있었다. 나는 아직도 옛 모습을 간직하고 있는 빨간 우체통이 하도 정겨워서 한참을 만지작거리고 있었다. 아직도 사람들이 이 우체통에 손 편지를 보낼까. 샬럿 브론테와 에밀리 브론테도 이 우체통에 자신들이 직접 손으로 꾹꾹 눌러쓴 편지를 넣었을까. 이런 공상에 빠져 있는데 누군가가 뒤에서 "잠깐만 비켜주세요"라고 말을 걸었다. 하워스의 우체부 아저씨였다. 우체부 아저씨가 그 정겨운 빨간 우체

통의 자물쇠를 따자 우편물이 쏟아져 나왔다. 아직도 이 옛
날 우체통은 활기차게 성업 중이었던 것이다.

좀 더 옛날 방식에 가깝게, 좀 더 아날로그적으로 살아가
는 하워스 사람들의 느릿느릿한 삶의 방식이 좋았다. 사람
들은 오래된 나무 벤치에 걸터앉아 천천히 커피를 마시며
하염없이 햇살바라기를 하기도 하고, 반려견과 함께 산책을
하며 몇십 년은 한자리에서 가게를 지켰을 레스토랑 주인과
담소를 나누기도 했다. 나는 사람의 손으로 하나하나 끼워
넣은 돌들이 가지런히 깔려 있는 하워스의 옛길을 걸어가며
그토록 짧은 생을 살면서도 이토록 아름다운 작품을 남긴
브론테 자매의 열정을 생각했다.

영국에서 가장 복잡한 대도시 런던에서 상업과 쇼핑의 도
시 리즈를 거쳐, 증기기관차가 오가는 키슬리와 하워스로
향하는 여정 속에서 나는 '도시의 삶에서 우리가 얻는 것과
잃어버리는 것'의 대차대조표를 그려보았다. 나 또한 대도
시에서 살지만 소도시의 매력에 이끌려 무작정 길을 떠나기
도 하고, 시골 마을의 매력에 사로잡혀 갑자기 짐을 싸기도
한다. 이런 끊임없는 역마살의 뿌리에는 '지금 이 도시의 삶

만으로는 만족하지 못하는 내 안의 열망'이 자리하고 있다.
브론테 자매는 반대로 도시의 삶을 동경하기도 했을 것이
다. 때로는 이 작은 시골 마을에서 답답함을 느꼈을 것이고,
때로는 더 넓은 세계를 향한 알 수 없는 그리움으로 신열에
들뜨기도 했을 것이다.

  브론테 자매에게 책을 읽는다는 것은 더 넓은 세상, 알 수
없는 바깥세상과의 교신이자 소통이었다. 그들에게 글을 쓴
다는 것은 미지의 세계를 향해 힘차게 내딛는 간절한 발걸
음이었다. 많은 사람들은 '어떻게 이런 외딴 시골에서 이토
록 위대한 작품들이 쏟아져 나왔을까'라고 질문하지만, 실
은 바로 이런 외딴 시골이었기에 더욱 간절한 목마름으로,
도시의 시끌벅적함과 냉정한 거리를 두고, 자기만의 창조성
을 발휘할 수 있었던 것이 아닐까.

너무 일찍 안타깝게 세상을 떠난
브론테 자매의 삶을 돌아보며
그들의 작품을 읽으면
그들이 감당했을 삶의 짐이
얼마나 무거웠을지,
그럼에도 불구하고 그들의 작품이
얼마나 강인한 불굴의 의지 속에서
태어난 것인지를
새삼 느끼게 된다.

다음에,
라는
달콤한
거짓말

그러니까 나는

다음이라는 말과 연애하였지

다음에,라고 당신이 말할 때 바로 그 다음이

나를 먹이고 달랬지 택시를 타고 가다 잠시 만난 세상의 저녁

길가 백반집에선 청국장 끓는 냄새가 감노랗게 번져나와 찬
목구멍을 적시고

다음에는 우리 저 집에 들어 함께 밥을 먹자고

함께 밥을 먹고 엉금엉금 푸성귀 돋아나는 들길을 걸어보자
고 다음에는 꼭

당신이 말할 때 갓 지은 밥에 청국장 듬쑥한 한술 무연히 다
가와

낮고 낮은 밥상을 차렸지 문 앞에 엉거주춤 선 나를 끌어다
앉혔지

당신은 택시를 타고 어디론가 바삐 멀어지는데

나는 그 자리 그대로 앉아 밥을 뜨고 국을 푸느라

길을 헤매곤 하였지 그럴 때마다 늘 다음이 와서

나를 데리고 갔지 당신보다 먼저 다음이

기약을 모르는 우리의 다음이

자꾸만 당신에게로 나를 데리고 갔지

— 박소란, 「다음에」, 『심장에 가까운 말』,

    창비, 2015, 38~39쪽.

지금 당장 해도 좋은 것들을 언제나 "다음에 하자"고 미루는 사람. 아름다운 장소를 눈앞에서 발견하고도 "지금은 바쁘니까, 다음에 가자"고 미루는 사람. 그런 사람을 사랑한다는 것은 고통스러운 일이다. 나는 바로 지금 당신을 필요로 하는데, "다음에 만나자, 다음에 더 좋은 데로 데려갈게"라고 말하는 사람을 사랑한다는 것은 너무나 쓸쓸하고 참담한 일이다. 하지만 그럼에도 불구하고 그런 사람을 사랑하는 나 자신이 원망스럽다. 이 시의 주인공은 끊임없이 자신을 '다음에'라는 말로 묶어놓는 사람, 언제나 자신을 너무 많

이 기다리게 하는 사람을 속절없이 사랑한다. 사랑이란 그
렇다. 주는 만큼 받을 수 없는 것, 주는 만큼 받기를 기대할
수 없어도 그 사람을 결코 포기할 수 없는 것.

그리하여 이 시의 주인공은 '당신'과 연애하기보다는 '다
음이라는 말'과 연애하였다고 고백한다. 사랑하는 사람과
함께한 시간이 아니라 '다음에'라는 무책임한 약속이 사랑
에 빠진 '나'를 위로해주었다. 다음에는 꼭 그곳에 가자, 다음
에는 더 좋은 곳에 가고, 더 오래 함께 있어 줄게. 그 말에 매
달려 '나'는 절망을 잊고 외로움을 견디고 슬픔 또한 참아냈
으리라. 내가 더 많이 사랑할 땐 항상 이렇게 되어버린다. 사
랑받는 시간보다 그리워하는 시간이 더 길다. 사랑받는 기
쁨을 느끼기보다는 사랑을 퍼다 주기만 하는 대책 없는 시
간을 견뎌야 한다. 그 사람이 나를 사랑하는 마음보다 내가
그 사람을 사랑하는 마음이 훨씬 크다는 사실을 매번 아프
게 재확인해야 한다.

하지만 당신에게 버림받을 때마다, 당신을 너무 많이 기
다릴 때마다, 그럴 때마다 늘 '다음'이라는 손님이 찾아와
'나'를 데리고 갔다. "당신보다 먼저 다음이 / 기약을 모르는

우리의 다음이 / 자꾸만 당신에게로 나를 데리고 갔지"라는
안타까운 속삭임. 그 속에는 그토록 이기적인 '다음에'라는
약속마저도 꾸밈없이 사랑한, 한 사람의 고통스러운 순수가
담겨 있다.

 '다음에'라는 말은 기다리는 사람에겐 희망 고문이 된다.
기다리게 하는 사람은 '다음에'라는 말 뒤에 숨어 지금의 곤
란한 상황을 피해가지만, 하염없이 기다리는 사람은 '다음
에'라는 족쇄에 묶여 또다시 기다림의 감옥으로 자신을 내
던져야 한다. '다음에'라는 말을 많이 하는 사람은 사랑에 올
인하지 않는 사람이다. 지금 여기의 이 사람보다 다른 무엇
이 더 중요한 사람이다. 하염없이 기다리는 사람은 상대가
또 그 '다음'이 왔을 때 충실하지 않을 것임을 알면서도, 오
직 함께할 수 있는 실낱같은 '다음'의 기회에 희망을 건다. 언
제 다시 만날 줄 모르는 기약 없음조차도 당신과 함께라면
좋으니까. '다음'이라는 말이 결국에는 달콤한 거짓말이 될
것임을 알면서도 당신이 나를 완전히 잊어버린 것은 아니
니까, 당신이 나를 아주 저버린 것은 아니니까, 그런 말도 할
수 있는 거겠지. 그렇게 스스로를 위로해본다.

　왜 지금 당장 만날 수는 없는 걸까. 왜 지금 당장 사랑할
수는 없는 걸까. '다음에'라는 아련한 환상의 장막을 걷어버
리면 우리 사이에 남는 것은 무엇일까. 아마도 남루한 현실
이겠지. 영원히 함께할 수 없는 우리. 한쪽의 일방적인 기다
림만으로 간신히 지탱되는 우리의 관계. 하지만 그래도 좋
았다. '다음에'라는 말 속에 숨은 당신이, 그래도 좋았다. '지
금은 함께할 수 없다, 사실은 앞으로도 함께할 수 없을 것 같
아'라고 솔직히 말해주지 않고, 항상 '다음에'라고 미루었던
당신의 마음을 속속들이 알고 있음에도 불구하고. 그럼에도
불구하고 기다리는 나는 당신이 대책 없이 좋다. 그것이 사
랑이니, 그 아름다운 늪에서 도망칠 수가 없다. 당신은 아마
오늘도 내게 오지 않겠지만, 그래도 나는 이 기다림을 포기
하지 않을 것이다. '다음에'라는 희미한 약속, 가녀린 희망 때
문에. '다음에'라는 말이 나에겐 당신과 나의 운명을 연결시
킬 유일한 희망의 끈이기에.

너는
안될 거야,
라는
목소리와
싸운다는
것

　남들이 아무리 말려도, 왠지 나는 잘 해낼 수 있을 것 같을 때가 있다. 눈에 띄는 결정적인 증거를 댈 수는 없지만, 내 마음 깊은 곳에서 '이건 내가 진정으로 원하는 것이고, 오랫동안 준비해온 거잖아'라고 속삭이는 무엇이 있다. 내 생애 첫 번째 책을 낼 때가 그랬고, 모두가 "이제 문학은 전망이 별로다"라며 뜯어말릴 때 국문학을 전공으로 택할 때도 그랬고, '작가로 살고 싶다'는 결심을 했을 때도 그랬다. '그것이 바로 나'이기 때문에, 자신을 부정하고는 하루도 제대로 살 수 없기 때문이었다. '너는 잘 해낼 수 없을 거야, 그래가지고 뭐가 되겠니'라는 의심의 목소리가 나를 괴롭혔다. 저 봉우리를 넘기만 하면 자유가 보일 텐데, 넘기 전에는 어떤 전망도 보이지 않는다. 하지만 그 고통을 견디는 데는 신비로운 쾌감도 있다. 논문을 쓰기 위해 고시생처럼 매일 도서

관에 출근하던 시절, 결승점이 어딘지도 모른 채 눈가리개를 하고 무작정 달리는 기분이었지만 그때처럼 공부가 즐거웠던 적이 없었다. '어떻게 하면 인간관계에서 상처를 덜 받을 수 있을까'라는 절박한 물음으로 정신분석을 공부할 때도 그랬다. 자크 라캉의 책을 읽을 때마다 너무 어려워 포기하고 싶은 마음이 굴뚝같았지만, 그를 이해하는 것은 인간 세상을 이해하는 데 커다란 도움이 되었다. '객관적으로 보면 안될 것 같은데, 주관적으로는 어떻게든 반드시 그걸 해낼 수 있을 것 같다'는 이 느낌을 설명하는 단어가 바로 라캉의 '실재계'임을 알게 되었다. '도저히 안될 것 같다'는 공포의 문턱을 넘어서는 순간, 지금까지와는 전혀 다른 자유의 세계가 펼쳐진다. 바로 라캉이 말하는 실재계의 기적이다.

라캉의 '상상계'가 동화 속 해피엔딩을 열망하는 유아적인 환상이라면, '상징계'는 현실의 속박을 받아들이고 성숙한 자세로 삶의 고통을 극복해내는 어른들의 세계다. 안데르센의 『인어공주』가 지닌 비극적 결말을 삭제해버린 채, 용감무쌍한 인어공주 에리얼의 행복한 결혼 이야기로 원작을 왜곡해버린 디즈니판 「인어공주」는 상상계적 이야기다. 해피엔딩으로 현실의 복잡성을 은폐하는 이야기, 적과 아의

구분이 명쾌하고 영웅이 악당을 무찔러버리는 데서 쾌감을
느끼는 이야기들은 상상계적 차원에 머무른다. 상징계는 현
실의 고통을 감수하는 어른들의 세계, 사랑의 콩깍지가 벗
겨지고 난 뒤에도 환상이 깨진 자리에서 더욱 성숙한 사랑
을 시작하는 것이다. 인어공주가 인간이 되기 위해 감수하
는 고통, 땅에 발을 디딜 때마다 발바닥이 타들어 가는 듯한
고통을 견디는 것이 바로 상징계다. 실재계는 인간의 무의
식 속으로 더 깊이 들어가야만 도달할 수 있는 세계다. 안데
르센 원작『인어공주』에서 왕자가 다른 여인과 결혼해버려
'인간이 될 수 있다'는 희망을 잃어버린 인어공주가 왕자를
죽이면 자신은 살 수 있음에도 불구하고 왕자를 살려내고
자신은 '물거품'이 되는 길을 택하는 것. 그것이 바로 실재계
의 감동이다. 물거품이 되어버린 인어공주는 더 이상 이 세
상, 상징계에 속할 수 없지만, 인류의 집단 무의식 속에서 생
이 끝나도 계속되는 진정한 사랑의 상징으로서 영원히 살아
있다.

　나도 때로는 상상계의 동화적 환상 속에 머물고 싶다. 모
든 꿈들이 디즈니 애니메이션처럼 해피엔딩으로 마무리되
면 얼마나 좋을까. 하지만 '현실은 그게 아니잖아'라고 따끔

하게 지적하는 상징계의 회초리가 있기에, 우리는 온갖 스트레스를 견디고, 뼈아픈 감정 노동도 버텨낸다. 달콤한 동화적 환상에 만족하는 상상계를 넘어, 현실의 냉혹함을 이겨내는 철든 어른들의 상징계를 넘어, 마침내 인생을 통째로 올인하는 최고의 모험을 견뎌낸 사람들에게 주어지는 실재계의 감동이 있다. 나에게 과연 그런 무시무시한 잠재력이 있을 것이라고는 상상도 하지 못했던 내 안의 낯선 자아가 튀어나오는 순간, 매너리즘에 사로잡힌 현실의 자아를 뛰어넘어 내 안의 가장 빛나는 힘이 무지개처럼 용솟음치는 순간. 그때 우리는 '너는 해낼 수 없을 거야'라고 속삭이던 자기 안의 괴물과 마침내 싸워 이길 수 있다.

남들이 아무리 말려도,

왠지 나는 잘 해낼 수 있을 것

같을 때가 있다.

눈에 띄는 결정적인 증거를 댈 수는 없지만,

내 마음 깊은 곳에서

'이건 내가 진정으로 원하는 것이고,

오랫동안 준비해온 거잖아'라고

속삭이는 무엇이 있다.

이제는
놓아주어야
할
시간

.

　돌이킬 수 없는 상실을 견디는 방법을 제시한 수많은 책들은 한결같이 어떤 '단계'를 제시한다. 처음에는 상실 자체를 거부하고, 시간이 지나면 상실을 인정하고 받아들이게 되며, 결국에는 그것을 극복하고 일상으로 돌아오는 심리적 단계가 있다고 말한다. 엘리자베스 퀴블러 로스의 『상실 수업』이나 프로이트의 『애도와 우울』이 대표적이다. 상실은 '극복해야 할 상처'이며 상실의 고통에서 벗어나기 위해서는 본인의 적극적인 노력, 특히 심리적인 치유의 노력이 필요하다고 이야기한다. 그런데 문제는 상실의 한복판에서는 그런 위로와 방향 제시가 별 도움이 되지 않는다는 것이다. 상실의 한가운데에서는, 특히 가장 사랑하는 사람이 영원히 세상을 떠나버린 상황에서는 어떤 초인적인 위로도, 어떤 위대한 철학적 메시지도 빛을 잃는다. 그 위로와 철학이 덜

훌륭해서가 아니다. 그런 견딜 수 없는 상처 앞에서는 대다
수가 <u>스스로를</u> '봉인'해버리기 때문이다.

　세상에서 가장 존경하고 사랑했던 아버지를 아무런 마음
의 준비 없이 갑자기 잃어버린 헬렌도 그랬다. 저자의 자전
적인 경험이 고스란히 녹아 있는 에세이 『메이블 이야기』의
주인공은 한 여자와 참매 한 마리다. 온갖 다양한 인물 사이
의 치명적인 갈등이 풀어가는 거대한 장편 서사에 길든 독
자는 이 에세이를 낯설게 받아들일 수도 있다. 하지만 헬렌
은 수많은 인간관계 속이 아니라 참매 한 마리와의 고립된
관계 속에서만 '진실한 자기'일 수가 있다. 숱한 사람의 달콤
한 위로 속에서도, 커리어를 쌓아가고 남들과 경쟁하는 사
회생활 속에서도 진짜 '자기'를 찾을 수 없기 때문이다. 항상
마음속 등대처럼 영원히 반짝일 줄로만 알았던 아버지의 죽
음은 그녀에게 세상 전체의 등불이 꺼져버린 듯한 절대 암
흑으로 다가온다. 헬렌은 아버지와의 추억이 깃든 참매에게
집착하기 시작한다. 사납고, 차갑고, 무뚝뚝하며, 오직 사냥
과 고독만을 즐기는 참매는 그녀에게 '상실을 극복하는 무
기'가 아니라 '상실 자체로부터 도피하는 진공의 시간'을 선
물한다. 그녀는 어린 참매에게 먹이를 주고, 비행을 가르치

고, 사냥을 도우면서 그 참매가 자라나는 과정 속에서 '세상의 시간'이 아닌 '야생의 시간'에 집중하는 법을 배운다. 멀리 날아가 버려 다시는 돌아오지 않을 것만 같은 참매가 마치 고향으로 회귀하는 연어처럼 그녀의 주먹 위에 사뿐히 내려앉는 그 짜릿한 순간들이 그녀에게는 유일한 희망이다.

　세상을 떠나버린 아버지는 결코 돌아오지 않지만, 참매는 기필코 돌아온다. 다정하고 지혜로우며 최고의 기자였던 아버지는 돌아오지 않지만, 새치름하고 자기중심적이며 먹잇감에만 순수하게 집중하는 참매는 오히려 돌아온다. 헬렌은 이 매혹적인 참매에게 '메이블'이라는 예스러운 이름을 붙여준다. 참매의 본래 성격과는 정반대로, 사랑스럽고 귀엽다는 뉘앙스를 지닌 이 이름은 그녀에게 결핍된 그 무엇을 일깨운다. 그녀는 본래 대학의 연구 교수였고, 역사학자였으며, 촉망받는 젊은이였지만, 모든 사회적 인정 욕구를 내려놓고 오직 참매에 매달린다. 그럴 수밖에 없었다. 삶의 주춧돌이었던 든든한 아버지의 죽음으로 인해 삶의 의지 자체가 마비되어버린 헬렌에게 '내가 살아 있다'는 것을 일깨우는 유일한 대상이 참매였기 때문이다. 메이블은 처음에는 가죽끈을 통해 그녀와 연결되어 높이 날아올랐다가 다시 돌아오곤 했지만, 나중에는 가죽끈이 없이도 훨씬 더 위험하고 자유로운 방식으로 하늘 높이 비상하기 시작한다. 그녀는 참매가 처음으로 사냥한 꿩의 깃털을 뽑아주며, 마치 어미 새가 아기 새에게 먹이기 위해 온갖 노력을 기울이는 것 같은 뿌듯함을 맛본다.

하지만 더 큰 기쁨은 그녀 자신이 '참매가 되어가고 있다'는 것, 그러니까 인간의 첨단 문명이 아닌 야생의 자연 속으로 점점 빨려들고 있다는 철저히 고립된 희열이었다. 그녀는 참매가 자신을 아프게 할 때마다 오히려 아찔한 떨림을 느낀다. 내가 사라지는 느낌, 이토록 고통스럽고 이토록 결핍투성이인 '나'라는 존재가 사라지는 느낌이 어처구니없이 좋았기 때문이다.

그녀는 굶주린 메이블의 습격을 받아 피를 철철 흘리면서도 메이블을 향한 사랑을 포기하지 않는다. 메이블이 마음 놓고 사냥과 비행을 할 수 있도록 여러 산과 들을 찾아 헤매며 그녀는 진정 '매의 시선'으로 세상을 바라보게 된다. 하지만 때로는 스파이처럼, 때로는 야생동물처럼, 때로는 고고학자처럼 세상의 어둡고 깊고 무서운 곳들만을 골라 사진을

찍곤 했던 용감한 아버지를 향한 그리움을 떨칠 수는 없다.
헬렌은 영원히 되찾을 수 없는 아버지를 향한 애절한 그리
움을 참매를 향한 애정으로 대체했지만, 결국 그것조차 아
름답지만 자기중심적인 집착이었음을 깨닫기 시작한다. 참
매를 향한 감정은 '사랑'이었지만, 그 사랑은 영원히 지속될
수 없음을 그녀는 이해한다. 그리고 자신이 메이블을 '길들
이는' 것이 아니라 메이블이 자신을 길들이고 있었음을 알
게 된 순간, 그녀는 아버지의 추도사를 쓰고 추도식에 참여
하게 된다.

헬렌은 아버지의 추도식에 수많은 사람이 운집해 '당신
의 아버지를 존경하고, 사랑하고, 그리워합니다'라는 마음
을 진심으로 드러내는 모습을 발견한다. 나만이 아버지를
그리워한 것이 아니구나, 아버지가 '나만의 전설'이 아니었
구나, 아버지는 수많은 이에게 '살아 있는 전설'이었구나. 그
것을 깨닫는 순간, 그녀는 치유되기 시작한다. 이제 메이블
을 놓아주어야 할 때가 되었음을 인정한다. 베를린의 한 대
학에서 제안한 교수 자리마저 거절하고 '참매의 연인'이 되
는 삶을 선택한 이후, 그녀는 오직 참매를 통해서만 세상에
존재할 수 있었다. 하지만 이제 자신이 '인간'이기에 온전히

'야생의 존재'가 될 수 없음을 받아들이기 시작한다. 그토록 사랑했던 메이블을 놓아줄 용기를 얻는 순간, 그녀는 다시 세상으로 한 걸음 나갈 수 있는 자유를 맞이하게 된다. 상실에 대처하는 최고의 길은 따로 없다. 하지만 나 자신을 파괴하지 않고 상실의 상처를 극복하는 길은 나처럼 여리고, 나처럼 불완전하며, 나처럼 사랑이 고픈 '다른 존재'를 사랑하는 것뿐이다. 다시 사랑함을 통해서만 우리는 사랑의 상실을 치유할 수 있다. 결코 내 손안에 쏙 들어오지 않는 존재, 내 의지를 항상 비껴가는 누군가를 힘겹게 사랑함을 통해서만, 우리는 사랑의 눈부심을, 존재의 위대함을, 고통의 소중함을 깨달을 수 있다. 사랑은 '생각한 대로 이루어져서' 아름다운 것이 아니라, 마음대로 되는 것이 하나도 없기에 더욱 고통스러운 아름다움으로, 우리를 세계의 더 깊은 차원으로 초대한다.

잘못 쓰기,
또는
시적 허용의
아름다움

가끔씩 틀린 맞춤법이나 어긋난 문법이 뜻밖의 깨달음을
줄 때가 있다. '설레임'이라는 아이스크림 이름은 틀린 맞춤
법으로 표기되어 있지만 어쩐지 '설렘'보다는 '설레임'의 어
감이 애틋하다. 내가 일부러 설레고픈 것이 아니라 '설레임'
을 나 스스로 제어할 수 없을 만큼 그 감정은 통제할 수 없는
것, 어쩔 수 없음의 영역이 아닐까. '행복하자', '아프지 말자'
라는 말도 어법상 어긋나지만 말하는 이의 간절함이 그 불
가능한 청유형 속에 깃들어 있다. 형용사로 청유형이나 명
령형 문장을 만들지 않는다는 규칙은 너무 억압적인 것이
아닌가. 때로는 '슬퍼하지 말아요'라는 올바른 문장보다 '슬
프지 말아요'라는 어긋난 문장 속에 진심을 소담스럽게 담
아내고 싶어진다. 김소월의 「진달래꽃」에서 "가시는 걸음
걸음 / 놓인 그 꽃을 / 사뿐히 즈려밟고 가시옵소서"가 아니

라 '지르밟다'라는 표준어를 썼다면 과연 그 느낌이 제대로 전달되었을까. '즈려밟다'만의 안타깝고 무참한 시적 울림은 결코 올바른 문법의 표현, '지르밟다'가 대체할 수 없는 시적 허용의 아름다움이다.

천양희 시인의 「바다 보아라」를 읽다가 가끔씩 나에게 보내는 문자 메시지에서 맞춤법을 틀리게 쓰시는 우리 어머니 생각이 나서 울컥하는 그리움이 밀려왔다. "자식들에게 바치느라 / 생의 받침도 놓쳐버린 / 어머니 밤늦도록 / 편지 한 장 쓰신다 / '바다 보아라' / 받아보다가 바라보다가 // 바닥 없는 바다이신 / 받침 없는 바다이신 // 어머니 고개를 숙이고 밤늦도록 / 편지 한장 보내신다 / '바다 보아라' / 정말 바다가 보고 싶다."(천양희, 『나는 가끔 우두커니가 된다』, 창비, 2011, 42쪽.) 이 시를 읽다 보면 '받아 보아라'를 '바다 보아라'라고 잘못 쓰신 시인의 어머니가 우리 어머니처럼 정겹게 느껴진다. '바다 보아라'라는 틀린 맞춤법이 오히려 시인으로 하여금 바다를 뛰어넘는 깊이와 넓이로 자식을 사랑하는 어머니를 생각하게 만든 것이 아닐까. 이 시에서 어머니의 틀린 맞춤법은 실수나 무지가 아니라 해맑은 순수의 영롱한 울림으로 다가온다.

우리 어머니도 딸들에게 문자 메시지를 보낼 때마다 많은
어려움을 겪으신다. 황반변성을 오랫동안 앓아오신 내 어머
니는 낮에도 눈이 침침하고 사물이 흐릿하게 얼룩지는 고통
을 느끼신다. 그래도 딸들에게 문자 메시지 한 통이라도 더
보내려고 돋보기를 더듬더듬 찾아 끼고 정성 들여 문자 메
시지를 빚어내는 우리 어머니. 나는 한 번도 어머니의 틀린
맞춤법을 타박하지 않았다. 오히려 너무 완벽한 문장이 도
착하면 괜히 서운하고 재미없게 느껴질 정도로, 엄마의 틀
린 맞춤법은 정겹고 그리운 '울엄마'의 트레이드 마크다. 물
론 공식적인 글쓰기에서 밥 먹듯 시적 허용이나 틀린 맞춤
법을 용인하자는 이야기는 아니다. 하지만 때로는 더 창조
적일 수 있고 때로는 더 아름다울 수 있는 언어의 자유로운
흘러넘침을 지나치게 가로막지는 말았으면 좋겠다.

이따금 비표준어와 표준어의 경계를 다시 묻게 만드는 단
어도 있다. '잊혀지다'는 사전에서 '잊히다'의 비표준어로 등
록되어 있다. 하지만 '잊히다'가 아니라 꼭 '잊혀지다'라는 표
현을 써야 어울릴 것 같은 경우가 있다. '잊히지 않는 추억들'
보다는 '잊혀지지 않는 추억들'이라고 말하고 싶을 때가 있
다. '잊히다'는 '잊다'의 수동태이지만 '잊혀지다'는 자신도 모

르게 서서히 망각되는 것이 아닐까. '잊다'의 수동태일 때는 '잊히다'를 쓰고, 천천히 조금씩 기억이 사라지는 경우는 '잊혀지다'를 허용해줌이 어떨까. 문법이나 맞춤법은 물론 중요하지만 가끔은 이런 언어의 정해진 율법을 뛰어넘는 과감한 언어의 질주, 춤추듯 자연스럽게 덩실덩실 펼쳐지는 언어가 그리워진다. '이건 맞고 저건 틀리다'라고 주장하는 사람이 아니라 '이건 왜 맞는 거지?' '저건 정말 틀린 걸까?' 하고 끊임없이 질문할 줄 아는 열린 마음을 간직하고 싶다. 마침내 구성진 사투리도 해학이 넘치는 시적 허용도 언제든지 남의 눈치 안 보고 자유롭게 구사하는 사람이 넘쳐났으면. 우리말을 사랑하는 사람들이 가혹한 언어의 재판관이 아니라, 아름다운 시적 허용의 사례를 밤새도록 끝없이 읊을 수 있는 낭만과 열정을 지닌 사람들이었으면 좋겠다. 신조어나 유행어에 골몰하며 '난 시대에 뒤떨어졌다'라고 생각할 것이 아니라, 굳이 시인이 아니더라도 더 풍요롭고 더 찬란한 언어의 눈부신 가능성을 일상 속에서 실험하는 아름다운 언어의 동지가 많아졌으면 좋겠다. 나는 "오늘도 즐겁게 아이들 가르쳐"라고 문자 메시지를 보내는 엄마, "수업이 만아서 힘들겠다. 여울아, 오늘도 힘내"라고 카톡 메시지를 보내는 '울엄마'가 참으로 좋다.

딸들에게
문자 메시지 한 통이라도 더 보내려고
돋보기를 더듬더듬 찾아 끼고
정성 들여 문자 메시지를 빚어내는
우리 어머니,
우리 엄마.

자기
안에
있는
극복의
지혜

미국 드라마나 할리우드 영화를 보면 꽤 자주 등장하는 대사가 있다. '나는 낫고 있어, 나는 괜찮아지고 있어'라는 뜻으로 주인공들이 외치곤 하는 "I'm moving on". move on은 상황에 따라 '헤어진 연인을 잊어가고 있다'는 뜻으로 쓰이기도 하고, '죽은 사람에 대한 상실감을 극복하고 있다'는 뜻으로도 쓰인다. 영화 속에서는 친구에게 얼른 상처를 극복하라는 뜻으로 "Just move on!"이라고 위로하는 주인공도 많다.

그런데 그 뒤에 이어지는 장면은 하나같이 '무브 온'에 성공하지 못한 모습들이다. 다른 사람 앞에서는 극복했다고 말하면서도 혼자 있을 때는 슬픔을 전혀 이겨내지 못한 주인공의 서글픈 내면을 보여주는 것이다. 주변 사람들의 시선을 의식할 때는 애써 소개팅도 해보고 새로운 데이트 상대에 관심을 가지는 척하지만, 홀로 남겨졌을 때는 아직 떠난 사람을 잊지 못한 자신을 대면한다. 사람들에게 부담을 줄까 봐 '슬픈 기색'을 내비칠 수는 없지만, 혼자 있을 때는 죽은 사람을 잊지 못해 통곡하는 모습도 자주 보인다. 슬픔에 빠진 가족이나 친구를 바라보는 일 자체가 고통이기 때문에 사람들은 한시바삐 '일상으로 돌아올 것'을 촉구한다. 하지만 당사자에게는 '빨리 앞으로 나아가라'라는 재촉이 더욱 고통스러운 주문이다. 진정한 우정은 당장 극복하라고 재촉하는 것이 아니라 그에게 제대로 슬퍼할 시간을 주는 것이 아닐까.

'외상 후 스트레스 장애' 전문가인 게오르크 피퍼는『쏟아진 옷장을 정리하며』에서 수많은 상담 치료의 경험을 이야기한다. 끔찍한 총기 난사 사고가 일어났던 독일의 한 김나지움에서는 너무 빨리 학교생활이 정상화되자 학생들이 매일 억지로 '학교 놀이'를 하는 것 같다며 괴로워했다고 한다. 머릿속에는 억울하게 죽어간 선생님과 친구들 모습이 생생히 살아 있는데, 정작 학교에서는 어서 서둘러 입시를 준비하자고 다그치고, 아무렇지도 않은 척 공부를 열심히 하자고 하니, 학생들은 더 큰 마음의 상처를 받은 것이다.

지은이는 '트라우마 극복'이라는 과목을 개설해 일주일에
한 시간씩 학생들에게 슬픔을 치유할 시간을 주자고 제안했
지만, 학교 측은 강하게 반대했다고 한다. 괜히 문제를 '심리
학화'해서 더 크게 만들지 말고 어서 잊어버리고 앞으로 나
아가야 한다고 주장했던 것이다. 이렇듯 무조건 빨리 잊자
고 주장하는 것은 결코 훌륭한 지도자의 자세가 아니다. 외
상 후 스트레스 장애를 치유하기 위해서는 단지 '사고의 기
억을 극복하는 것'만이 아니라 '앞으로 어떻게 살아가야 할
것인가'라는 문제도 함께 고민해야 하기 때문이다.

왜 어떤 사람은 수많은 역경을 극복한 뒤 이전보다 더 나
은 삶을 살고, 어떤 사람은 작은 재난에도 쉽게 무너져 다시
는 회복하지 못하는 것일까. 이 문제를 평생 연구한 심리학
자 피퍼는 『쏟아진 옷장을 정리하며』에서 역경을 극복하는
마음의 능력, 즉 회복 탄력성resilience의 비밀을 탐구한다. 하
루에도 몇 번씩 심각한 사건·사고의 뉴스에 노출되는 현대
인은 '나는 이런 세상에서 아무런 쓸모가 없구나' 하는 무력
감에 빠지기 쉽다. 최악의 결론은 '이렇게 엉망진창인 세상
에서 열심히 살아 무엇 하겠는가'라고 생각해버리는 것이다.

저자는 이런 무력감에서 벗어나 '내가 할 수 있는 일'을 찾아가는 구체적인 방안을 제시한다. 일단 누구에게나 언제든지 일어날 수 있는 사건·사고·대재난에 대한 선입견을 바꾸는 것이 중요하다. 예컨대 9·11 테러가 발생한 직후 사람들은 비행기에 대한 집단 트라우마 때문에 아무리 먼 거리라도 꾸역꾸역 자동차를 타고 다녔고, 그 결과 한 해 동안 교통사고 사상자가 1,600명이나 폭증했다고 한다. 이렇듯 의도적으로 피하려는 노력만으로는 재난을 막을 수 없음을 깨닫는 것, 즉 재난이 우연적이고 불가피한 경우가 많다는 사실을 '받아들이는 것' 자체가 극복의 시작이다.

이것이 바로 근본적 수용radical acceptance이다. 현실이 아무리 어려워도, 상황이 아무리 급박해도 지금 여기의 고통스러운 상황 자체를 온몸으로 받아들이는 것이다. 예컨대 갑작스레 납치되어 인질이 되었을 때, 사람들은 상황을 용납하기 힘들어 곡기를 끊고 저항하는 경우가 많은데, 그 기간을 줄이고 차라리 '나는 인질이다'라는 사실을 인정하는 것이 트라우마의 극복에는 더 도움이 된다는 것이다. 절망적인 상황 속에서 '작은 성공'의 계기들을 찾는 것, 예를 들어 자신을 감시하는 사람의 약점을 알아낸다든지, 조금이라

도 더 나은 음식을 먹는 방법을 개발한다든지 하는 노력이
'절망할 시간'을 줄이고 '창조적인 생각'을 할 시간을 늘려준
다. 영화 「쇼생크 탈출」에서 살인 누명을 쓰고 감옥에 들어
간 앤디가 처음에는 자신이 죄수라는 사실 자체를 받아들이
지 못해 갖은 고생을 하다 나중에는 '자신이 할 수 있는 일'
을 찾아가는 과정을 떠올려보자. 그는 감옥에서조차 자신이
'꼭 필요한 사람'이 되는 데 시간을 쏟는다. 그리고 사람들이
자신의 '필요'에 집중하는 순간, 탈출에 필요한 무기인 쇠망
치를 몰래 반입하는 데 성공한다.

열악해만 보이던 환경을 내 편으로 만들려면 먼저 상황을
'긍정'해야 한다. 내가 바뀌면 주변 사람들도 바뀌게 되어 있
다. '이런 일은 절대로 일어나지 말았어야 했어. 내가 왜 그날
거기 갔던 것일까. 그날 그곳에 간 내 잘못이야.' 이런 식으
로 자책하고 원망하는 것은 상황을 개선하는 데 도움이 되
지 않는다. 실제로 베트남전쟁 때 포로가 된 미군들이 주어
진 현실을 인정하기 힘들어 식사도 제대로 하지 않고 잠도
못 자며 자기 몸을 방치하다가 목숨을 잃은 사례가 있다. 고
통스러운 상황을 반복적으로 되뇌다 보면 언젠가는 그 고통
조차 익숙해진다. 익숙해진 고통은 최초의 고통보다 견디기

수월해진다. 이렇게 근본적 수용을 반복적으로 연습하다 보면, 극복과 승리의 순간도 멀지 않게 된다.

또 하나의 길은 '아픔'과 '괴로움'을 구분하는 것이다. 아픔은 피할 수 없지만, 괴로움은 우리의 노력으로 줄일 수 있다. 아픔은 외부의 자극으로 비롯되지만, 괴로움은 훨씬 주관적이다. 주관적인 괴로움은 객관적인 아픔보다 더 견디기 힘들다. 상황의 근본적 수용을 통해서만 이 괴로움을 줄일 수 있다. 어려운 상황을 진심으로 받아들이려는 태도를 가지면, 놀랍게도 창조적 아이디어가 떠올라 마음의 평정심이 생겨난다. 힘든 상황에서 긍정적인 상태, 행복한 상상을 떠올리는 것만으로도 우리의 두뇌에서는 '실제로 행복할 때'와 똑같은 호르몬이 분비된다.

고작 열 살의 어린 나이에 한 남자에게 납치된 나타샤라는 소녀는 무려 3,096일 동안 갇혀 지내며 10년 가까이 오직 납치범의 얼굴만 보면서 살아가다 어느 날 극적으로 탈출에 성공했다. 그녀가 탈출의 용기를 얻을 수 있었던 것은 바로 '행복한 상상' 덕분이었다고 한다. 그녀는 감금된 동안 줄곧 성인이 된 자신의 멋진 모습을 그려보았다. 어른이 되면 아주 강인하고 용감해져서 '나타샤라는 아이'를 꼭 이 무서운 지하실에서 구해낼 수 있으리라 상상했던 것이다. 상상 속에서 '성인이 된 나타샤'는 '납치된 어린 소녀 나타샤'에게 이렇게 속삭였다. "내가 앞으로 강한 여자가 되어 널 도와줄게. 널 위로해주고, 네가 이곳에서 풀려나도록 도와줄게!"

상처를 극복하는 최고의 에너지를 '또 다른 자아' 안에서 찾는 것이야말로, 세상 모든 심리학자가 입을 모아 말하는 '극복의 지혜'다. 알베르 카뮈의 아름다운 속삭임처럼, 혹독한 겨울의 한가운데에서도 내 안에는 누구도 무너뜨릴 수 없는 뜨거운 여름이 꿈틀거리고 있으니. 그러니 무너지지 말자. 내 안의 최고의 힘을 마침내 세상 밖으로 꺼낼 수 있는 그 순간까지. 고통이 희망과 뜻밖의 하모니를 이루어 마침내 아름다운 행복의 멜로디를 연주할 때까지.

어머니
제가
지옥에
한번
다녀오겠습니다

어머니

아무래도 제가 지옥에 한번 다녀오겠습니다

아무리 멀어도

아침에 출근하듯이 갔다가

저녁에 퇴근하듯이 다녀오겠습니다

식사 거르지 마시고 꼭꼭 씹어서 잡수시고

외출하실 때는 가스불 꼭 잠그시고

너무 염려하지는 마세요

지옥도 사람 사는 곳이겠지요

지금이라도 밥값을 하러 지옥에 가면

비로소 제가 인간이 될 수 있을 겁니다

— **정호승,「밥값」,『밥값』, 창비, 2010, 14쪽.**

지하철을 타다 보면 눈살 찌푸릴 일도 많지만 가슴 뿌듯한 광경도 많다. 바로 스크린도어에 붙여진 시 한 편을 볼 때다. 인파에 소스라쳐 파김치가 되었다가도 스크린도어에 고이 적힌 시 한 편을 보면 언제 그랬냐는 듯이 사납게 파도치던 마음이 한결 누그러진다. 정호승 시인의 「밥값」을 봤을 때도 그렇게 따뜻한 느낌이 들었다. 어머니에게 '저 밥값 좀 하고 오겠다'며 지옥으로 출근하겠다는 아들의 선언. 싱그럽고 유머러스하면서도 동시에 뭉클했다. 바로 우리가 매일 출근하고 퇴근하는 이 세상이 때로는 지옥처럼 느껴지기 때문이었다. 아무리 멀어도, 아침에 출근하듯이 갔다가 저녁에 퇴근하듯이 다녀오겠다는 그 지옥. 그곳은 바로 우리 삶이라는 전쟁터가 아닐까.

어머니에게 드리는 시인의 인사말은 평범하기 그지없지만 먼 길 떠나는 자식이 부모님께 해드릴 수 있는 몇 안 되는 따뜻한 말들, 꾸밈없는 진정이 그대로 담겨 있다. "식사 거르지 마시고 꼭꼭 씹어서 잡수시고 / 외출하실 때는 가스불 꼭 잠그시고." 매일 할 수 있는 말이지만, 어쩐지 지옥으로 출근하겠다는 아들의 이 말은 구슬픈 유언처럼 들린다. "너무 염려하지는 마세요 / 지옥도 사람 사는 곳이겠지요." 이쯤 되

면 어머니는 더 커다란 걱정에 휩싸이지 않을까. 지옥으로
출근하겠다는 내 아들이, 혹시나 오늘 돌아오지 않으면 어
쩌나. 슬픔과 고통과 회한으로 가득 찬 지옥 같은 이 세상에
서 내 아들은 무사히 집으로 돌아올 수 있을까. 그러나 아들
의 말투는 비극적이기보다는 씩씩하고 당차서 다행스럽다.
"지금이라도 밥값을 하러 지옥에 가면 / 비로소 제가 인간이
될 수 있을 겁니다." 시인은 지옥으로 출근하는 이유가 '밥값
을 하기 위함'이라 선언한다. 밥값을 한다는 것은 한 사람의
인간으로서 제 몫을 다한다는 것, 그리하여 부모님은 물론
이 세상에 폐를 끼치지 않고 한 사람의 어엿한 성인으로 살
아가겠다는 다짐이다. 시인은 말하자면 진정한 어른이 되기
위해서는 지옥으로 출근하는 고통까지 견디겠다고, 견뎌야
만 한다고 선언하고 있는 것이 아닐까. 오늘도 꾸역꾸역 '콩
나물시루 버스'나 '지옥철'을 타고. 보나 마나 지옥인 줄 빤
히 알면서도 삶이라는 전쟁터로 출근한 당신과 나. 우리는
오늘 또 어떤 소중한 '밥값'을 실천하기 위해 하루 몫의 쓰라
린 아픔을 견디고 있는 것일까. 지옥의 심연처럼 새카만 아
메리카노 커피를 마시며, 우리는 다시금 전열을 재정비해본
다. 오늘, 또다시, 나만의 밥값의 역사를 새롭게, 희망차게 써
나가자고.

인생에
감사하지
않는
죄에
대하여

　젊은 시절에는 '그저 평범한 사람'으로 보였다가, 오랜 시간이 흘러 다시 만났을 때 '저 사람이 저토록 멋진 사람이었나' 싶게 변한 경우가 있다. 그때 사람들은 젊은 시절 자신의 안목 없음을 한탄한다. 하지만 변한 것이 오직 상대방뿐일까. 더 많이 변한 것은 어쩌면 사람을 바라보는 우리 자신의 눈이 아닐까.

　젊을 때는 화려한 겉모습과 대단한 조건에 시선을 빼앗기던 청년들이 나이가 들면 삶에서 진정 중요한 것이 무엇인지를 깨닫게 된다. 삶을 멋들어지게 장식하는 것이 아니라 삶을 견딜 만한 것으로 만들어주는 더 깊고 더 오래가는 가치에 눈을 뜨는 것이다. 좀 더 성숙해진 우리 자신의 눈에 비친 상대방의 아름다움은 비로소 제빛을 발하게 된다. 그 사람의 외적 조건 때문이 아니라 그 사람이 본래 지닌 미덕을 바라볼 수 있는 마음의 눈이야말로 성숙한 관계의 시작이 아닐까.

푸시킨의 운문소설로 시작돼 오페라나 연극을 통해 전 세계에 불멸의 인물이 된 예브게니 오네긴. 그가 바로 이 '뒤늦은 눈뜸'의 주인공이다. 오네긴은 젊은 시절 심각한 우울증을 앓았다. 하지만 그 우울증은 좌절된 꿈이나 견딜 수 없는 고난 때문이 아니라 삶에 대한 권태 때문이었다. 그는 너무 쉽게 모든 것을 얻었다. 재산도, 여인도, 명성도. 오네긴은 그 무엇에서도 진정한 만족을 느끼지 못했다.

그는 화려한 외모와 엄청난 재산, 천부적인 재능까지 갖춘 매력 만점의 남자였다. 무엇을 더 노력해서 얻어야 하는지를 알 수 없을 정도로. 그러나 오네긴에게는 치명적인 결점이 있었다. 사람 보는 눈이 없었던 것이다. 수많은 여인의 구애를 받았지만, 그가 진정으로 사랑할 만한 여자는 오랫동안 나타나지 않았다. 타티야나를 만나기 전까지는.

오네긴은 갑자기 사망한 친척의 유산을 관리하기 위해 시

골 마을로 내려온다. 그는 이제 소란스러운 사교계에도 시
큰둥해지고, 여인들의 미소에도 개의치 않으며, 유혹하는
일에도 넌더리가 났고, 친구들과의 우정까지도 지겨워한다.
결투나 총, 칼 등 당시 러시아 남성들을 사로잡은 자극적이
고 열정적이며 치기 어린 젊음의 상징들에도, 오네긴은 흥
미를 잃어버린다.

　도시 청년이던 오네긴은 시골에 내려오자 모든 것이 새로
워 보인다. 사람들도, 풍경도, 풍습도 바뀌니 잠시나마 세상
에 대한 호기심을 느낀다. 그러나 이내 그마저 싫증을 내고,
유일하게 친하게 지내는 사람은 열정적인 문학청년 렌스키
다. 오네긴은 렌스키가 결혼 상대로 생각하던 올가와 그녀
의 언니 타티야나의 집에 자주 드나들고, 순진한 처녀 타티
야나는 오네긴에게 반하게 된다.

　남자들에게 적당히 '밀당'을 할 줄 아는 새침데기 올가와
달리, 타티야나는 연애의 비법 따위는 전혀 모른다. 그녀는
인생에서 처음 다가오는 사랑의 불길에 어떻게 대처해야 할
지 깜깜하다. 철없는 염세주의자 오네긴에게 푹 빠진 타티야
나는 아무 꾸밈없이 자신의 감정을 남김없이 고백해버린다.

당신은 사람을 싫어한다 하더군요.

이런 촌구석에선 모든 게 지루하시겠죠,

그러나 저희는…… 저희는 내놓을 게 없어요,

순진하게 당신을 반기는 일 외에는.

당신은 왜 이곳에 오셨나요?

안 오셨다면, 이 잊혀진 쓸쓸한 시골에서

저는 영원히 당신을 모른 채,

이런 끔찍한 고통도 모른 채 살았을 텐데요.

어수룩한 마음의 동요도

시간이 가면 가라앉아(미래는 모르는 법이죠?)

마음에 맞는 친구를 찾아

정숙한 아내가 되고

후덕한 어머니가 되었을 텐데요.

— 알렉산드르 푸시킨, 석영중 옮김, 『예브게니 오네긴』,

　열린책들, 2009, 101쪽.

순진하기 이를 데 없는 타티야나는 스스로의 전 생애를

던져 사랑의 불길에 뛰어든다. 그는 오네긴을 유혹하기는커
녕, 오네긴에게 먼저 절절한 사랑의 편지를 써서 자신이 느
끼는 모든 감정을 고백해버린다. 편지는 아무것도 꾸미지
않은 영혼의 해맑은 순수를 눈부시게 증언한다. 하지만 오
네긴은 그녀의 순정을 받아주지 않는다.

타티야나는 올가와 달리 어여쁜 얼굴도, 장밋빛 뺨도, 관
능적인 미소도 지니지 않았다. 푸시킨은 타티야나를 이렇게
묘사한다. "촌스럽고 우울하고 과묵하고 숲 속의 사슴처럼
소심하여 제집에 살면서도 손님처럼 어색하게 굴었다." 부
모님께 응석 한번 제대로 부리지 못하고, 또래 아이들과 재
미있게 놀아본 적도 없으며, 그저 독서와 몽상에만 흠뻑 빠
진 문학소녀 타티야나. 남자들은 모두 올가만을 쳐다볼 뿐,
타티야나의 매력을 알아보지 못한다. 오네긴도 그들 중 하
나였다. 그는 전형적인 나쁜 남자의 목소리로, 그녀에게 거
부의 뜻을 분명히 밝힌다. 자신은 행복해지기를 원치 않는
다고. 당신처럼 정숙하고 순진한 처녀는 내게 어울리지 않
는다고.

나는 행복을 위해 태어나지 않았소.

내 영혼은 행복을 모르오.

당신의 미덕들은 내게 부질없소.

나는 그걸 받을 자격이 없소.

— 알렉산드르 푸시킨, 앞의 책, 116쪽.

인생에 대한 걷잡을 수 없는 권태와 우울에 빠진 오네긴은 타티야나의 편지를 부담스러워한다. 자신은 그토록 순수한 열정을 한 번도 느껴본 적이 없다. 게다가 누구에게도 무엇에도 어디에도 얽매이기 싫어한다. 그는 자유를 꿈꾸지만, 사실 자유를 위한 투쟁은 기피한다. 무언가를 진심으로 원해본 적도 없으며, 간절히 바라는 무언가를 향해 최선을 다한 적도 없다. 그리하여 한 남자를 위해 자신의 모든 것을 바치려 하는 타티야나의 순정을 이해하지 못한다.

시골 생활의 무료함에 지친 오네긴은 자신을 진심으로 아끼는 유일한 친구 렌스키의 연인 올가를 꾀어내어 춤을 추고, 친구의 배신에 분노한 렌스키는 오네긴에게 결투를 신청한다. 오네긴은 결투에 자신을 내맡긴다. 결투를 거절하는 것이 결투에 응해 이기는 것보다 더욱 명예로운 일임을, 오네긴은 인정하지 못했던 것이다. 그는 모든 제도나 인습에 관심이 없는 척하지만, '결투라는 풍습'을 통해 남성성을 인정받으려는 당대 관습에서는 벗어나지 못했다. 마치 예정된 비극의 주인공이 되기를 오래전부터 기다려왔다는 듯이, 오네긴은 둘도 없는 벗 렌스키를 총으로 쏘고 만다.

친구의 주검을 보고 나서야 자신이 무슨 짓을 했는지 깨달은 오네긴은 행방을 감춘다. 결투에서 승리했지만, 그 승리가 얼마나 치욕스러운지를 각성한 것이다. 오랜 시간이 지난 후, 그는 타티야나가 살고 있는 시골 마을로 다시 돌아온다. 오네긴은 어느새 다른 남자의 아내가 된 타티야나를 처음에는 알아보지 못한다. 그녀가 너무도 우아하고, 기품 있고, 주목받는 여인으로 변해 있었던 것이다. 단지 그녀가 공작부인이 되어서가 아니었다. 파티에 나온 모든 여자 중에서 단연 돋보이는 그녀는, 미모 때문이 아니라 오랫동안 갈고닦아 온 지성과 지혜로 홀연히 빛났다.

그는 미친 듯이 타티야나를 향해 구애하지만, 이미 늦었다. 그녀는 오네긴을 바라보며 냉정하게 말한다.

어째서 지금은 저를 쫓아다니시나요?

어찌하여 제가 당신의 눈에 들게 되었나요?

지금은 상류사회에 드나드는 몸이 되었고

부와 지위를 갖추었고

제 남편이 전장에서 불구가 되어

저희 부부가 황실의 총애를 받는 입장이라

그러시는 것 아닌가요?

저의 불명예가 만인에게 알려진다면

당신은 사교계에서

유부녀를 정복했다고

자랑할 수 있기 때문 아닌가요?

— **알렉산드르 푸시킨, 앞의 책, 264쪽.**

뒤늦게 자신이 진정 사랑해야 할 사람이 누군지를 깨달은 오네긴에게 기적은 일어나지 않는다. 천하를 방랑하며 '나는 도대체 누구인가'를 고민하고 나서야 뒤늦게 되찾은 사랑은 이미 예전의 그 모습이 아니다. 아니, 그녀는 그대로이지만 그녀의 상황이 그대로가 아니다. 이미 다른 사람과 결혼했고, 남편의 사랑을 듬뿍 받는 우아한 여인으로 거듭났다. 오네긴은 자신의 뼈아픈 실수를 절감하지만 모든 것이 너무 늦었다. 그는 처음으로 자신의 모든 정열을 바쳐 사랑을 향해 돌진하지만, 상처 입은 타티야나의 영혼은 회복되지 않았다.

오네긴은 모든 것을 너무 쉽게 얻었기에, 그 어떤 것도 진정으로 감사히 여기지 않았다. 방탕하고 속물적이며 허영으로 가득 찬 그의 모든 결점까지 다 이해해주던 타티야나의 사랑을 알아차렸을 때, 이미 마지막 기회는 영원히 사라져버렸다. 그는 우울을 핑계로, 권태를 핑계로, 자신에게 다가오는 진실한 사랑의 순수한 빛을 외면해버렸던 것이다. 오네긴의 죄는 무엇이었을까. 자신에게 찾아온 행복의 의미를 깨닫지 못한 죄, 자신에게 저절로 굴러들어 온 인생의 축복에 감사하지 못한 죄가 아니었을까.

나을 수
있다는
강박으로부터
벗어나기

과연 시간이 지나면 상처는 저절로 나을까. 몸의 상처와 달리 마음의 상처는 그렇지 않다. 심지어 고통받는 사람들은 자발적으로 그 고통에서 벗어나지 않으려 안간힘 쓰기도 한다. 누군가는 그 트라우마로 인해 죽거나 다치거나 미쳐버렸는데, '나만 괜찮아져서는 안 된다'는 죄책감 때문이다. 심지어 상처 입은 마음에는 불가해한 중독성이 있다. 어떤 환자는 고통 속에서 오히려 역설적인 편안함을 느끼며 그 아픈 상처 속에 차라리 안주하려 한다. 상처를 치유한다는 것은 정상적으로 보이는 사람들의 대열에 합류하는 것이므로 그 편안한 소속감 자체를 거부하는 이들도 있다. 심각한 상처를 입은 사람일수록 치유 자체를 거부하는 경향이 있는데 이것은 수많은 심리학자들을 괴롭혀온 문제였다. 왜 어떤 사람들은 치유 자체에 한사코 저항하는 것일까. 어쩌면 바로 이 치유에 대한 저항이야말로 트라우마의 강력한 본질이 아닐까.

왕은철의 『트라우마와 문학, 그 침묵의 소리들』은 치유에 대한 강박이 오히려 상처를 덧나게 할 수 있음을 지적한다. "사랑도 때로는 사랑이라는 이름으로 가장한 폭력일 수 있듯이, 치유도 때로는 치유라는 이름으로 가장한 폭력일 수 있다." 치유 자체를 거부하는 트라우마가 있다는 것을 인정할 때, 상처를 무조건 제거하려는 욕망 또한 또 하나의 폭력임을 이해할 수 있다. 스스로의 상처에 귀 기울이고, 그 상처를 '언어'를 통해 조금씩 풀어가는 겸허한 태도가 실제로 큰 도움이 된다. 상처에 대해 아예 함구하는 것은 상처로 하여금 '네가 나를 영원히 지배해도 좋다'라고 허락하는 것이다. 마음속에 꼭꼭 동여맨 상처는 조금씩 언어로 풀어 이야기할 수 있을 때, 비로소 참고 참았던 깊은 숨을 내뱉기 시작한다. 상처를 이야기하는 것은 어떤 식으로든 '의미를 부여하는 것'이다. 의미를 부여할 수 있으면 어떻게든 상처를 견딜 수 있는 힘을 얻게 된다. 치유되지 못한 모든 상처는 결국 '의미를 부여받지 못한 고통'이기 때문이다. "트라우마의 치유는 의미의 상처를 어루만져 의미를 회생시키는 일"인 것이다.

이 책은 『나의 라임오렌지나무』부터 「헨젤과 그레텔」,
「바이센테니얼 맨」에 이르기까지 다양한 작품을 통해 인간
의 트라우마를 비춰 본다. 저자는 트라우마는 단지 피해자
만의 것이 아니라는 점, 가해자도 트라우마의 주체일 수 있
다는 점을 강조한다. 이언 매큐언의 『속죄』에서처럼, 자신
의 잘못된 증언 때문에 친언니와 그 연인에게 돌이킬 수 없
는 트라우마를 안겨버린 한 소녀가 먼 훗날 훌륭한 작가가
되어 자신의 죄를 낱낱이 고백하는 것도 가해자 또한 트라
우마의 주체가 될 수 있기 때문이다. 저자는 슬픔을 부정적
인 것으로만 바라보지 않고 슬픔이야말로 트라우마를 극복
하는 데 소중한 치유제가 될 수 있음을 강조한다. 어쩌면 마
음껏 슬퍼할 기회를 얻지 못한 억압된 트라우마가 우리 자
신을 더욱 숨 막히게 하지는 않았는지. 우리의 상처에게 마
음껏 아파할 기회를 주는 것, 그것이야말로 '의무감으로서
의 치유'가 아니라 진심에서 우러나오는 자연스러운 치유의
시작이다. 내가 상처를 소유하고 있는 것이 아니라, 상처가
나를 소유하고 있음을 받아들일 때, 비로소 우리는 상처가
단순한 '제거'의 대상이 아니라 오히려 '평생 함께 살아가야
할 영혼의 반려'임을 깨달을 수 있다.

인격의
가면,
페르소나를
넘어서

"그렇게 착해 보이는 사람이 그런 짓을 할 줄 누가 알았겠어?" "그 사람 겉보기와는 달라. 의외로 똑똑하고 재미있더라고." "자식 겉 낳지 속 낳겠나? 천 길 물속은 알아도 한 길 사람 속은 모르는 법이야." 이런 말들은 사람의 '겉'과 '속'이 얼마나 다른지를 보여주는 표현이다. 심리학에서 볼 때 '속'과 전혀 다른 이 '겉'이 바로 페르소나다. "그 사람이 말을 안 하니까 나는 전혀 몰랐지. 겉으로는 모범적이고 완벽해 보이는데 그렇게 힘들고 고민이 많은지 누가 알았겠어." 우리는 타인을 볼 때 주로 겉으로 보이는 모습, 말투, 대화, 인상 등에 치중하기 때문에, 페르소나를 완벽하게 치장하는 사람은 '속마음'을 알 수 없는 존재가 되기 쉽다. 남에게 보여줄 수 있는 모습, 때로는 속마음과 다르게 꾸미고 연기를 해서라도 '바람직한 내 이미지'로 만들고 싶은 모습, 그것이 바로 페르소나이기 때문이다. 그렇다면 페르소나의 화려한 가면에 짓눌려 우리가 드러내지 못하는 진짜 내 모습은 무엇일까. 그것이 바로 심리학에서 말하는 그림자다. 남에게 보여주기 싫은 나, 울퉁불퉁하고 휘청거리는 그 자체가 곧 진정한 자기 자신에 가깝다.

　페르소나와 그림자의 거리가 멀면 멀수록 우리 마음은 깊은 고민에 빠진다. 말하자면 내 연기력이 나의 진심을 억누르게 되는 셈이다. 사람들에게 '보여주어야 할 모습' 때문에 정작 '내가 진심으로 느끼는 것'이 소외될 수 있다. 항상 아이들에게 바람직한 모습을 보여주어야 하는 선생님은 페르소나가 아주 모범적이고 엄격한 모습으로 형성되기 쉽다. 또한 매우 명랑하고 유쾌한 페르소나를 가진 선생님도 알고 보면 남모를 스트레스에 속앓이하는 경우가 많다. 날이 갈수록 복잡하고 어려워지는 교육 환경 속에서 선생님들은 페르소나와 그림자가 점점 멀어지는 마음고생을 경험하곤 한다. 그런데 그림자는 결코 나쁜 것이 아니다. 페르소나를 얌전하고 바람직하게 유지하느라 정작 우리는 스스로의 진심이 더 많이 모인 곳, 그림자가 깃든 무의식을 등한시한다. 그림자는 콤플렉스와 트라우마, 억압된 기억과 감정이 모두

자리한 무의식의 거대한 창고와 같다. 그림자를 돌본다는
것, 그것은 자신의 상처를 지혜롭게 어루만져주는 일이며,
아픈 마음속에서 내면의 진실을 찾을 줄 아는 혜안을 기르
는 일이다.

　페르소나는 '다른 사람에게 내가 어떻게 보일까'를 생각
하며 발달되는 인격의 가면이고, 그림자는 페르소나로 연
기하느라 억눌리고 소외되는 감정과 기억으로 이루어진다.
『지킬 박사와 하이드』에서 지킬 박사가 페르소나라면 하이
드는 그림자다. 완벽한 페르소나를 만들기 위해 그림자를
억압하고 숨기려고만 했을 때, 하이드 같은 괴물적 인격이
생겨날 수 있다. 하지만 자신의 그림자를 정성껏 돌보고, 그
림자와 대화를 시도하는 사람은 오히려 페르소나만 번듯한
사람에 비해 훨씬 더 성숙하게 자신의 개성을 발전시킬 수
있다.

　자신의 상처를 극복하고 정화해 훌륭한 예술 작품을 만드
는 대부분의 예술가가 바로 그림자를 오히려 성숙한 내면의
에너지로 승화시킨 사람들이다. 베토벤이나 카프카가 대표
적 사례다. 음악가로서 귀가 들리지 않는다는 치명적인 콤

플렉스, 즉 그림자를 극복함으로써 베토벤은 누구도 생각해 내지 못한 독창적이고 위대한 곡들을 써냈다. 카프카의 콤플렉스는 아버지와의 불화였다. 모든 것을 자신의 뜻대로 해야만 직성이 풀리는 독재적 성향의 아버지 앞에서 카프카는 늘 나약하고, 무능력해 보이고, 마음에 들지 않는 아들일 뿐이었다. 그런 악조건 속에서 카프카는 아버지와의 심각한 불화를 「변신」이나 「아버지께 드리는 편지」 같은 창조적인 문학 작품을 통해 극복해냈다. 카프카가 만일 자신의 그림자를 외면하기만 했다면 이런 작품을 쓰지 못했을 것이다. 스스로의 아픈 그림자와 끊임없이 대화하고 협상함으로써 예술가들은 마침내 훌륭한 작품이라는 형태로 '그림자의 치유'를 경험한다.

아이들에게 '바른 생활의 모범'이 되기 위해 자신의 그림자를 완벽히 숨기는 선생님이 좋을까, 아니면 가끔 솔직하게 자신의 그림자도 내보이면서 좀 더 인간적인 소통을 추구하는 선생님이 좋을까. 나는 좀 더 자연스럽고 정직하게 자신의 그림자와 소통하는 선생님이 정신적으로 더 건강한 상태라고 본다. 그림자를 억압하고 숨기면 건강해지는 것이 아니라 오히려 스트레스와 콤플렉스가 더 심화하기 때문이

다. 상처는 페르소나로 잠시 숨길 수는 있지만 진짜 트라우
마는 마치 상처가 안으로 곪아가듯 더 심각한 내상(內傷)이 될
수 있다. "선생님도 너희가 그렇게 가슴 아픈 말을 하면 상
처받는단다", "선생님도 인간이니까 똑같이 마음 아프고, 우
울할 때도 있단다". 이렇게 말하는 것은 전혀 교사로서의 권
위를 떨어뜨리는 일이 아니다. 도리어 아이들에게 좀 더 친
밀하게 다가가는 계기가 될 수도 있다. 말썽 부리는 학생에
게도 마치 우리 인격에 그림자 따위는 없는 듯이 바람직한
페르소나만을 강조하기보다는 "선생님도 예전에 너 같은
생각을 한 적이 있었어" 하고 솔직하게 인정하는 쪽이 훨씬
더 치유적인 가르침이다. 꽉 끼는 교복처럼 답답한 교육법
보다 '이 선생님 앞에서는 뭐든지 털어놓을 수 있어'라는 편
안함을 느끼도록 이끄는 것이 아이들에게도, 선생님 자신에
게도 훌륭한 교육이다.

페르소나가 '사회화'와 연결되는 부분이라면, 그림자는
'개성화'와 연결되는 부분이다. 우리 사회는 지나치게 사회
화를 강조하느라 나답게 되기, 진정한 나 자신으로 살기라
는 개성화 과제가 도외시되고 있다. 인간에게는 사회화와
개성화 사이의 균형 감각이 중요하다. 사회와 이어지는 것

도 중요하지만 그림자로 대변되는 진정한 내면의 자기와 만나는 작업도 중요하다. 좀 더 아프고 번거로울지라도, 불완전한 나 자신에게 솔직해지는 것. 그리하여 페르소나를 완벽하게 치장함으로써 상처를 숨기는 데 급급할 것이 아니라 자신의 그림자와 진정으로 친밀해질 수 있는 사람이야말로 타인의 아픈 그림자마저도 존중할 줄 아는 깊고 너른 마음의 주인공이다.

페르소나의 화려한 가면에 짓눌려
우리가 드러내지 못하는
진짜 내 모습은 무엇일까.
그것이 바로 심리학에서 말하는
그림자다.
남에게 보여주기 싫은 나,
울퉁불퉁하고 휘청거리는
그 자체가 곧 진정한 자기 자신에 가깝다.

약점을
드러낼수록
더
강해질 수
있다면

    낯선 장소에서 강연을 시작할 때면 필연적으로 긴장감이 감돈다. 처음 보는 청중 앞에서 내 생각을 펼쳐놓는다는 것은 매번 진땀 나는 일이다. 청중도 긴장한다. '과연 기대한 것만큼 좋은 강의를 펼쳐줄까' 하는 의심 반, '그래도 괜찮은 강연을 해주지 않을까' 하는 설렘 반. 어떻게 하면 서로의 긴장감을 풀어낼까 고민하던 나는 '망가지기 전법'을 구사했다. '차라리 내 약점 보여주기' 전법을 쓴 것이다. 강한 모습을 보여줄 자신이 없기에, '약한 모습을 있는 그대로 고백하는 정직함이 사람들을 편안하게 해주지 않을까' 하는 기대감이었다. 내가 옛날에 얼마나 무지했는지, 중요한 순간에 어떤 치명적인 실수를 저질렀는지, 내 지긋지긋한 콤플렉스는 무엇인지를 이야기하자, '과연 얼마나 잘하는지 보자'라는 표정으로 팔짱을 끼고 있던 분들도 어느새 수더분한 하회탈처럼 활짝 미소 짓기 시작했다.

　약점을 드러낼수록 더 강해질 수 있다면, 그것이 확실하
다면, 우리는 타인 앞에서 얼마든지 자신의 약점을 내보일
수 있지 않을까.『마음가면』의 저자 브레네 브라운의 연구
는 우리가 약점을 툭 털어놓을수록 콤플렉스로부터 진정으
로 자유로울 수 있음을 수많은 실제 사례를 통해 보여준다.
강해지기 위해, 아니 강해보이기 위해 스스로를 숨기면 숨
길수록, 진정한 자신의 마음으로부터 더 멀어진다. 브라운
은 수천 명의 상담 사례를 통해 행복한 사람들의 특징을 밝
혀낸다. 바로 '자신의 취약점을 있는 그대로 드러내는 것'이
었다. 출신 콤플렉스, 외모 콤플렉스, 학벌 콤플렉스 등 인간
을 괴롭히는 수많은 결점이 '하나도 없는 척'하는 것이 아니
라, 그런 콤플렉스조차 '온전히 내 것'임을 받아들이는 사람,
즉 자신에게 정직한 사람이 행복할 가능성이 훨씬 높다는
것이다. 저자는 '취약성'을 나타내는 순간 우리는 오히려 강
인해질 수 있으며, 자신 또한 장점이 아니라 본인도 모르게
숨기고 있던 약점 때문에 오히려 더 주변 사람에게 진심 어
린 사랑을 받을 수 있었다고 고백한다.

사람들은 자신의 취약점을 노출했을 때의 공포감을 이렇게 표현한다. "두려우면서도 신나고, 무서우면서도 희망찹니다." "내가 가장 두려워하는 것을 향해 한 걸음 내딛는 기분이에요." "나의 전부를 거는 것이요." "어색하고 두렵지만 내가 사람답게 산다는 느낌." "총소리를 분명히 들었는데 내가 다쳤는지 안 다쳤는지 아직 확인하지 않았을 때랄까요?" "모두들 옷을 잘 차려입었는데 나 홀로 벌거벗고 있는 느낌이요." 나는 이 느낌들을 끌어안기로 했다. 나는 '내가 그저 나인 채로 사랑받을 수 있는 길이 있다'는 믿음을 실험하는 중이다. 더 멋진 나로 보이기 위해 가장하지 않고, 있는 그대로의 내 모습을 솔직하게 보여줄 때마다, 사람들은 나에게 한 발짝 더 가까이 다가온다. 나는 그 자체로의 나를 때로는 가엾게, 때로는 어여삐 여기며, 오늘도 콤플렉스 덩어리인 스스로를 다독이며 한 걸음 한 걸음 나아간다. 나는 결점투성이다. 내 인생은 콤플렉스 박물관이다. 하지만 내 최고의 장점은 내 결핍으로부터, 내 단점으로부터 결코 도망치지 않는 것이다.

어떤
바람은
겨울을,
어떤
바람은
봄을

겨울 바다는 바람이 심하게 불어 내륙보다 더 춥게 느껴지지만 여름보다 인적이 드물어 바다의 참모습을 더욱 고즈넉하게 즐길 수 있다. 함박눈이 펑펑 내려 바다 속으로 사르르 녹아 들어가는 모습도 아름답고, 바닷바람을 한껏 들이마시며 추억에 잠기는 연인들의 발걸음도 눈부시다. 특히 제주도의 겨울 바다는 겨울에도 그다지 스산한 느낌을 주지 않는다. 서울에서는 한파가 몰아칠 때도 제주도에 가면 유채꽃이 파릇파릇 돋아나는 시즌도 있다. 겨울날의 제주도에서는 '봄을 조금 더 빨리 기다릴 수 있는 바다'의 정취를 느낄 수 있다.

지난 겨울 서울에서는 무시무시한 한파가 몰아치고 있을 때 나는 상대적으로 훨씬 따뜻한 제주도에서 글을 썼다. 파도치는 겨울 바다가 어느 각도에서든 잘 보이는 숙소를 잡고, 나는 '여기서 열심히 글을 써야지' 하고 마음을 먹었다. 애월읍의 해변에서 파도치는 소리를 하루 종일 들으며 글을 쓰고 있으면, 별다른 음악이 따로 필요하지 않았다. 파도 소리 자체가 변화무쌍한 음악처럼 느껴지기 때문이었다. 그런데 자꾸만 바다가 손짓을 하는 듯한 느낌이 들어서, 생각만큼 글이 술술 잘 풀리진 않았다. 당장 원고는 때려치우고, 어서 빨리 바다로 뛰쳐나가고 싶은 마음이 들었기 때문이다. 바다가 계속 이리 와서 함께 놀자고 부르는 것 같아, 괜스레 가슴이 설레곤 했다. 이생진 시인의 「무명도」에는 제주도의 섬 우도를 바라보며 느낀 감상이 말갛게 그려진다. "저 섬에서 / 한 달만 살자 / 저 섬에서 / 한 달만 / 뜬눈으로 살자 / 저 섬에서 / 한 달만 / 그리운 것이 / 없어질 때까지 / 뜬눈으로 살자."(이생진, 『저 별도 이 섬에 올 거다』, 우리글, 2004, 123쪽.) 이 아름다운 시구절처럼 저 섬에서 한 달만 그리운 것이 없어질 때까지 살 수 있을까. 그런 상상을 하니 일 생각보다는 한 달쯤이 고운 섬에서 살아보고 싶다는 마음이 더욱 힘차게 샘솟았다.

   하지만 맡고 있는 여러 가지 일이 여전히 발목을 잡아 그

런 행운을 누릴 수는 없었다. 다만 며칠만이라도 겨울 바다
의 정취에 흠뻑 빠진 그 시간이 참 좋았다. 행운은 다른 때
에 찾아왔다. 취재차 영국으로 떠날 일이 생겼는데, 일을 마
치고 잠시 쉬는 날에 던디Dundee라는 낯선 도시에 가게 되었
다. 어느 도시에서든 박물관을 먼저 가보는 버릇이 있는 나
는, 던디 박물관에서 그림을 보고 있었는데 마침 직원 한 분
이 나를 보더니 어디서 왔느냐고 물었다. 한국에서 왔다고
대답했더니, 던디에서 한국인을 본 건 처음이라며 "던디에
왔으면 해변엔 꼭 가봐야 한다"라고 말했다. 그러고는 친절
하게도 버스 정류장과 번호까지 알려주면서, 꼭 해변으로
가보라고 이야기했다.

　　그는 브로티 페리Broughty Ferry라는 곳을 추천하면서 아름
다운 해변이 펼쳐져 있고, 브로티 캐슬이라는 성도 볼 만하
다고 덧붙였다. 그리고 이렇게 날씨 좋은 날 실내에서만 있
지 말고 해변에서 멋진 하루를 보내보라고 조언했다. 근처
에서 점심도 먹고, 차도 마시고, 해변도 걸어보라고. 나는 그
가 안내해준 대로 버스를 타고 브로티 페리에 도착해 스코
틀랜드의 아름다운 겨울 바다를 감상했다. 스코틀랜드의 역
사를 연구하는 글을 쓰기 위해 취재를 떠난 것이었는데, 뜻

밖에도 던디라는 아름다운 도시를 만나고, 그곳에서 그토록 친절한 던디 사람을 만나 이토록 아름다운 겨울 바다를 볼 수 있다니. 그 모든 사소한 우연이 아름다운 필연처럼 느껴져서 더욱 행복한 하루였다.

브로티 페리의 겨울 바다에서는 끝없이 바람이 불어왔지만, 매섭다기보다는 시원한 느낌을 주었다. 영국에 머무는 내내 '스산하다, 으슬으슬하다, 해가 너무 빨리 진다'라는 생각 때문에 겨울에 여행 온 것을 후회하고 있는 참이었다. 그런데 던디의 해변가에서 맞는 바람은 마치 내게 이렇게 속삭이는 것 같았다. 곧 봄이 올 테니, 너무 낙담하지 말라고. 영국의 겨울이 혹독하긴 하지만, 그 또한 다 지나갈 것이라고. 나는 여행을 갈 때마다 어떤 '질문'을 준비하고, 그에 대한 '해답'을 찾으려 할 때가 많았다. 하지만 던디의 겨울 바다에서 맞는 따스한 바람은 내게 이렇게 이야기하는 것 같았다. 너무 애써 해답을 찾아다니지 말라고. 너는 충분히 노력했으니, 때로는 진정으로 쉬는 법도 알아야 한다고. 나라는 존재를 어떤 '정해진 질문'의 틀에 가두지 말라고. 때로는 아무런 정해진 해답 없이 꿋꿋이 살아가는 길을 찾아야 한다고.

브로티 페리의 겨울 바다는 따스하고, 환하고, 어쩐지 친밀한 느낌마저 주었다. 사람들은 브로티 캐슬 구석구석을 구경하기도 하고, 강아지와 함께 해변을 산책하기도 하고, 홍차와 쿠키를 먹으며 오후의 피로를 풀기도 했다. 겨울에 영국인들은 윈터 블루스winter blues(겨울 우울증)를 많이 앓는다는 이야기를 들었는데, 나도 영국에서 겨울을 지내는 동안 바로 그 윈터 블루스에 조금은 감염되었던 것 같았다. 브로티 페리의 아름다운 해변에서 겨울 바다의 정취를 느끼며 나는 비로소 내 마음에 찾아온 겨울 우울증을 말끔히 날려버릴 수 있었다.

그날은 특히 날씨가 좋았는지, 해변을 걷다가 갑자기 양말을 벗고 맨발로 백사장을 하염없이 뛰어가는 소녀를 보기도 했다. 혹독한 겨울의 냉기가 가시고, 이제는 정말 봄이 올 것만 같았다. 나도 목을 칭칭 돌려 감은 머플러를 벗어버리고, 기지개를 켜며 바닷바람을 마음껏 들이마셔 보았다. 역시 겨울 우울증을 날리는 데는 몸을 움직이는 것이 최고인가 보다. 어떤 사람은 한겨울에도 반바지를 입고 해변을 씩씩하게 달리고 있었다. 어떤 부부는 강아지를 네 마리나 데리고 나와 산책을 시켰는데, 강아지들도 기분이 좋은지 백사장을 신나게 달리며 여기저기 떨어진 나뭇가지를 물어 오고 있었다.

　아직 절기상으로는 겨울이었지만, 내 마음속에는 이미 봄이 찾아오고 있었다. 어떤 바람은 겨울을 실어 오고, 어떤 바람은 봄을 실어 온다. 겨울이 너무 혹독할 때는, 남쪽의 바다로 찾아가 조금 일찍 봄을 맞아보자. 바람에 실려 오는 싱그러운 봄소식이 당신의 얼어붙은 심장을 따스하게 녹여줄 터이니.

Le Peintre Paul Cezanne

CUBISM

콤플렉스로
얼룩진
어른들의
동화

"우리한테는 왜 죽지 않는 영혼이 없나요? 아, 단 하루만이라
도 인간이 될 수 있다면, 그래서 천국에 오를 수 있다면, 나한테
주어진 300년의 생명을 모조리 버려도 좋아요!"

　— **한스 크리스티안 안데르센, 햇살과나무꾼 옮김,**

　『안데르센 동화집 1』, 시공주니어, 2010, 157쪽.

　동화를 둘러싼 '집단의 기억'과 '개인의 기억' 사이에는 종
종 미묘한 차이가 발생한다. 나에겐 『신데렐라』와 『인어공
주』가 특히 그렇다. 이 두 이야기는 어린 시절 내가 가장 좋
아한 동화였지만, 커가면서 세간의 무수한 지탄을 목격하고
점점 혼란에 빠졌다. 신데렐라와 인어공주를 좋아하는 나

자신이 '정말 공주병에라도 걸린 걸까' 의심하게 된 것이다.

기억 속 신데렐라나 인어공주는 '신분 상승 우화'가 아니라 우리가 반드시 겪고 지나가야 할 슬픔의 통과의례였던 것 같다. 계모와 자매의 구박으로 고통받는 신데렐라, 인간이 되기 위해 혀를 잘라내고 목소리를 잃는 아픔을 견뎌야 하는 인어공주. 그녀들은 원하는 것을 얻기 위해 견딜 수 없는 고통을 감내하는 강인한 (그래서 한편으로는 끔찍한) 캐릭터였던 것이다.

"신데렐라는 어려서 부모님을 잃고요. 계모와 언니들에게 구박을 받았더래요. 샤바샤바아이샤바. 얼마나 울었을까"로 시작되는 노래를 기억하는 사람이라면, 신데렐라 이야기가 자아내던 묘한 슬픔의 정서를 기억할 것이다. 이 노래는 "왕자님은 언제 만날까"라고 끝날 뿐 왕자와의 결혼이라는 해피엔딩이 없다. 어린 마음에 각인된 신데렐라는 '가파른 신분 상승'의 이미지가 아니라 계모와 언니들에게 늘 핍박당하는 비련의 이미지였다. 인어공주는 말할 것도 없이 처음부터 끝까지 슬픔으로 일관되던 비극적인 캐릭터다. 혀를 잘라내고 목소리까지 빼앗긴 후 얻게 된 '인간의 다리'는 인어공주에게 끝내 행복한 인생을 가져다주지 못했다.

우리는 동화에서
무엇을 지워낸 것일까

어린이들은 슬픔으로부터도 배운다. 동화 속 주인공이 늘 고난을 딛고 성공하는 것만은 아님을. 슬픔은 교훈의 강박에서 벗어나 있기에 더 짙은 쾌락의 원천이 되기도 한다. 그래서 디즈니 애니메이션으로 각색된 「인어공주」를 처음 봤을 때 받은 엄청난 충격을 아직도 기억한다. 인어공주가 끝내 왕자의 사랑을 얻지 못하고 거품으로 사라져가는 결말이 아니라, 아버지의 허락을 받아 왕자와 결혼에 골인하는 해피엔딩이라니. 「인어공주」의 OST나 아름다운 영상은 마음을 사로잡았지만 디즈니 애니메이션이 만들어낸 인어공주 '에리얼'로 인해 내 소중한 슬픔의 한 기원을 잃어버린 듯한 상실감은 쉽게 잊히지 않았다. 안데르센의 '인어공주'가 아니라 디즈니가 만들어낸 '에리얼 전傳'이라고 생각해야 마음이 편했다. 내 가슴속에 살아 있는 신데렐라는 여전히 계모와 언니들의 괴롭힘과 아버지의 외면으로 고통받고, 인어공주는 인어도 인간도 아닌 거품이 되어 끝없이 바다 위를 표류하는 길 잃은 넋이었다.

우리는 『신데렐라』와 『인어공주』에서 무엇을 삭제하고 무엇을 섭취해온 것일까. 혹시 비판하기 편리한 형태로, 두 이야기의 '핵심 개념 정리'만 열심히 반복해온 것이 아닐까. 백마 탄 왕자를 만나면 모든 문제가 해결된다고 봄으로써 여성을 남성에 종속시킨다는 식의 비판만으로는 이들의 매혹을 설명하기 어렵다. 그러기에 이 두 작품은 매우 많은 문화적 테마, 철학적 화두를 담고 있다.

판본의 문제도 크다. 가장 대중화된 『신데렐라』 판본은 프랑스 작가 샤를 페로의 것이다. 이 동화는 페로 개인의 세계관을 강하게 노출하고 있어 민담으로서의 신데렐라 이야기와 다르다. 아이들이 가장 많이 기억하는 인어공주 이야기도 디즈니 애니메이션을 통해 완전히 변형된 스토리와 세계관을 담고 있다. 디즈니 애니메이션은 모든 갈등의 디테일을 배제하고 앙상한 잔해만 남은 스토리 라인으로 동화를 '읽는' 아기자기한 재미를 제거해버렸다. 우리가 가장 많이 반복해온 두 동화에서 우리는 무엇을 강조하고 무엇을 간과

했을까. 왜 이 동화들이 여성의 운명을 상징하는 원형적 스토리로 자리 잡았을까.

페로가 신데렐라를 통해
드러내고자 한 것

옛날에 한 신사가 살았다. 그는 재혼을 하면서 세상에서 가장 허영심이 많고 오만한 여자를 아내로 맞이했다. (…) 신사에게는 비할 데 없이 친절하고 상냥한 어린 딸이 하나 있었다. 그 소녀는 세상에서 가장 착한 사람이었던 자기 어머니를 꼭 닮았다. (…) 계모는 그 소녀에게 온갖 천한 집안일을 시켰다. (…) 불쌍한 아이는 모든 것을 참을성 있게 견뎌냈다. 소녀는 아버지에게 감히 불평할 수가 없었다. 소녀의 아버지는 아내가 시키는 대로 다 하기 때문에 소녀를 꾸짖을 터였다.

— 샤를 페로 외, 원유경 · 설태수 옮김, 『고전동화집』,
현대문학, 2011, 19~20쪽.

　어른이 되어 다시 읽는 『신데렐라』. 그 첫 번째 의혹은 '신데렐라가 정말 그렇게 착하기만 했을까' 하는 것이다. 다소 삐딱해진 어른의 시선으로 바라보면, '착한', '불쌍한'이라는 형용사의 반복적 사용이 썩 유쾌하진 않다. 이 형용사들은 약자를 향한 연민을 자극하고, '참고 견디다', '꾸짖을지 모른다' 등의 표현은 신데렐라가 처한 상황의 '어쩔 수 없음'을 강조하는 것만 같다. 페로는 신데렐라의 강인한 성격보다는 그녀가 당면한 불가피한 운명적 고통에 초점을 맞춤으로써 신데렐라의 행동반경을 좁히고 있는 것은 아닐까.

　페로는 신데렐라를 철저히 수동적·순종적 존재로, 비현실적일 정도로 착하기만 한 캐릭터로 단순화해 신데렐라의 주체적 욕망을 교묘하게 억압한다. 무슨 일이 있어도 무도회에 반드시 나가겠다고, 무서운 계모에게 세 번이나 강력하게 어필하는 그림 형제판 신데렐라의 적극적인 모습과는 사뭇 다르다. 페로의 신데렐라는 신데렐라의 '계급성'을 강조한다. 평소처럼 재투성이로 무도회에 나갔다가는 절대로 왕자의 눈길을 끌 수 없음을 강조하며 신데렐라의 신분을 나타낼 외형적 조건을 변화시키는 데 주력하는 것이다. 호박을 마차로 바꾸고 쥐들을 마부로 변신시키고 누더기를 드레스로 바꾸는 과정은 모두 요정의 '명령'에 따른 것이지 신데렐라의 자발적인 의지가 아니다. 왕자 또한 유리 구두에 발이 딱 맞는 아가씨와 결혼하겠다고 발표한 후에도 우선 공주들과 공작의 딸들에게 먼저 신발을 신게 함으로써 신붓감의 계급을 제한한다.

페로가 살았던 시대(1628~1703)는 루이 14세가 주도한 호화로운 궁중 문화가 정점에 도달한 시기였다. 무도회장은 여성이 결혼을 통한 평생 재테크를 꿈꾸는 인생 역전의 기회일 뿐 아니라 사교계로 진출하는 통과의례이기도 했다. 자정이 넘어 화려한 모습이 사라지자 도망치는 신데렐라의 모습을 몰라보는 왕자. 평소에는 닥치는 대로 천대하다가 막상 호화롭게 치장한 신데렐라 앞에서는 얼굴조차 알아보지 못하는 계모와 언니들. 이런 식으로 페로는 겉모습만 번드르르하게 꾸미면 누구든 그 신분을 의심하지 못한다는 점을 꼬집어 당대 신분 사회를 조롱한 것은 아닐까.

신데렐라는 본래 신분을
다시 회복한 것일 뿐

　　　　그런데 '신분 상승의 강력한 우화'로 알려진 신데렐라 이야기는 실제로 드라마틱한 신분 상승이라고 보기 어려운 측면이 있다. 콘스탄스 브리텐 부셔의 『귀족과 기사도』에 따르면 페로의 『신데렐라』가 출판될 당시 왕족이 결혼할 수 있는 대상은 귀족 서열 중 가장 높은 공작까지만 허용되었다. 왕궁의 시종들이 유리 구두의 주인을 찾기 위해 신데렐라의 집까지 오는 것은 평민을 향한 파격적 우대가 아니라 신데렐라가 공작의 친딸이었기 때문이다. 왕의 아들과 공작의 딸 사이의 결혼은 당시 신분 질서에 전혀 어긋남이 없는 사건이었던 것이다. 신데렐라가 왕자에게 선택받은 것은 단지 그녀의 미모와 교양 때문이 아니라 지위에 걸맞은 복장과 격식을 갖춤으로써 '재투성이'로 가려진 자신의 원래 신분을 되찾았기 때문이다.

　신데렐라는 불가능한 신분 상승이 아니라 가능한 한도 안에서 신분의 '안정'을 꾀한 셈이다. 이것이 신데렐라와 인어공주 사이의 본질적 차이이기도 하다. 신데렐라는 화려하게 치장하여 자기 신분을 감춘 게 아니라, 그렇게 꾸밈으로써 '원래 신분'을 회복한 것이다. 신데렐라를 불가능한 신분 상승의 대표 주자로 만든 것은 후대인의 자의적 해석의 가능성이 농후하다.

　게다가 민담으로서 신데렐라 이야기는 신분 상승이라는 세속적 테마보다 부모 형제와의 원초적 갈등이 중요하다. 계모로 탈바꿈한 '친엄마'에 대한 본능적 증오(어릴 때 자신의 엄마가 계모가 아닐까 의심하지 않은 사람이 몇 명이나 될까), 딸을 독점하려는 아버지의 소유욕을 분석한 연구도 있다. 또한 재투성이라는 존재 자체가 비천한 것이 아니라 세속과 신성을 이어주는 '샤먼'의 성격을 지니고 있음을 지적한 연구도 있다. 요모조모 따지고 보면 신데렐라는 '신분 상승의 테마'만으로는 만족할 수 없는, 우리의 짐작을 훨씬 넘어선 다중적인 캐릭터다.

생의 모든 걸 내걸었던
이상주의자 인어공주

　　　　　　한편 『인어공주』는 어린 시절 읽
은 가장 슬픈 동화 중 하나였다. 어른들은 눈만 뜨면 "꿈을
크게 가지라"라고 웅변하는데, 정작 내가 가장 좋아했던 동
화 속 주인공은 꿈을 크게 가지다가 참혹하게 죽고 말았다.
인어공주를 둘러싼 주변 인물들은 인어공주를 가르치고 보
살피는 데 아낌없이 투자했음에도 불구하고, 심지어 언니들
은 머리카락까지 마녀에게 팔아 마지막으로 인어공주를 살
릴 수 있는 방책을 구했음에도 불구하고, 인어공주를 살릴
수 없었다. 왜 모두 최선을 다하는데 그녀를 구할 수 없었을
까. 그렇다고 그녀의 선택을 비난하고 싶은 것은 아니었다.
자신이 살기 위해 왕자를 찌르는 인어공주였다면 우리에게
이토록 전폭적인 '편애'를 받을 수 없었을 것이다. 인어공주
의 끝없는 신비는 등장인물 모두 그녀의 운명을 구하기 위
해 최선을 다함에도 불구하고 그 누구도 완전한 행복을 누
리지 못한다는 비극적 정서에 있는 게 아닐까.

　　인어공주는 사랑을 얻기 위해, 그리고 '인간만이 얻을 수
있다는 영혼'을 얻기 위해 최선을 다하고, 왕자 또한 자신을
살려준 (살려주었다고 믿고 있는) 여인을 찾기 위해 분투하고, 인
어공주의 언니들은 동생을 살리기 위해 동분서주하며, 마녀

또한 자신의 잃어버린 매력과 영광을 재현하기 위해 몸부림 친다. 하지만 결국 아무도 자신이 진정으로 원하는 것을 갖지 못한다. 『인어공주』의 비극적 정서는 누구에게도 이 꼬일 대로 꼬인 운명의 '책임'을 돌릴 수 없다는 사실에서 우러나오는 것일지 모른다.

디즈니가 개작한 「인어공주」에서 가장 아쉬운 점 중 하나는 원작이 갖고 있는 모계사회의 뉘앙스를 완전히 삭제한 것이다. 인어공주의 멘토 역할을 하던 할머니 인어는 모계사회의 수장 격으로서 인어공주의 '꿈을 키워주는 역할'과 '꿈을 억압하는 역할'을 동시에 해낸다. 할머니를 비롯한 대부분의 인어는 자신들이 사는 바닷속 세계에 만족하고 인간 세계를 동경하지 않는다. 어린 시절 잠깐 미혹되는 환상쯤으로 인간 세계를 향한 동경을 제한하는 것이다. 이들과 인어공주의 다른 점은, 인어공주는 이 '불가능한 꿈'을 생의 끝까지 밀어붙인다는 점이다. 할머니와 언니들이 현실에 안주하고 위험을 배제하는 소시민적 삶을 선택하는 것에 비해 인어공주는 환상을 기어이 현실로 바꿔내려는 이상주의자이자 탐미주의자다. 그녀는 왕자의 '조각상'이 뿜어내는 아름다움에 반해 왕자를 사랑하게 된다. 그녀는 자신의 꿈을 이루기 위해서는 어떤 위험도, 그러니까 죽음도 불사할 수 있다고 믿는 이상주의자였던 것이다.

인어와 인간의 경계
계급 사이의 소통 불가능성

"그럼 저도 죽으면 물거품이 되어 떠돌아다녀야 하나요? 더는 파도 소리도 못 듣고 아름다운 꽃과 붉은 태양도 볼 수 없나요? 죽지 않는 영혼을 얻을 수 있는 길은 없나요?"

할머니는 딱 잘라 말했어요.

"없어! 네 부모보다 너를 더 사랑하고 아끼는 인간이 나타나기 전까지는! 그 사람이 진심으로 너를 사랑해서 자기 오른손을 네 오른손에 얹고 이 세상에서나 저세상에서나 영원히 너를 사랑하겠다고 신부님 앞에서 맹세한다면, 그 사람의 영혼이 네 몸으로 옮아가 너도 인간의 행복을 얻을 수가 있지. (…) 하지만 그런 일은 결코 일어나지 않아."

— 한스 크리스티안 안데르센, 앞의 책, 157~158쪽.

인어공주가 인간이 되기 위해 필요한 사랑은 '아는 동생' 한테 보내는 미지근한 사랑이 아니라 가족도 신분도 모두 포기하고 오직 그녀만을 생각하고 그녀만을 바라보는, 절대적 사랑이었다. 어쩌면 안데르센은 자신이 사랑하던 '고귀한' 신분의 여인들과 그 자신이 얻지 못한 사랑을 이렇게 표현한 것일지 모른다. 그는 알고 있었다. 그가 진정으로 사랑받기 위해선 상대방은 자신의 모든 것을 포기해야 한다는 사실을. 그런 사랑이 없다면 자신은 절대로 '그들만의 리그'에 편입될 수 없다는 현실을. 빈민가 출신의 안데르센이 평생 넘을 수 없던 신분의 장벽은 '인어'와 '인간'의 차이만큼이나 높았다. 그가 사랑한 모든 사람은 높은 신분이거나 당대 최고의 유명 인사였다. 그들은 안데르센의 동화에 감격했고, 안데르센의 스폰서나 열혈 독자가 되어줬지만, 안데르센을 '그들만의 커뮤니티'에 편입시키기를 원치 않았다.

"(…) 한 발 한 발 내디딜 때마다 날카로운 칼을 밟아 피가 철철 흐르는 듯한 고통을 느낄 거야. 그래도 상관없다면 도와주마."

"상관없어요!"

(…)

"미리 말해두지만, 한번 인간의 모습이 되고 나면 다시는 인어로 돌아올 수 없다는 걸 명심해. 두 번 다시 언니들과 아버지의 성이 있는 바다로 돌아올 수 없어. 게다가 왕자가 자기 부모도 잊어버릴 만큼 널 좋아하고 너만을 생각하지 않는다면, (…) 너는 결코 영혼을 얻을 수 없어. 만약 왕자가 다른 여자와 결혼한다면, 그 다음 날 아침 너는 심장이 터져 물거품이 되어버릴 거야."

"그래도 상관없어요."

(…)

"물론 사례도 톡톡히 하겠지? (…) 내가 원하는 건 바로 네 목소리거든. 나도 특별히 좋은 물약을 만들어줄 테니까, 너도 나한테 가장 좋은 걸 줘. (…)"

(…)

"하지만 목소리를 줘버리면 나한테는 뭐가 남죠?"

"아름다운 모습과 경쾌한 걸음걸이와 입만큼 많은 말을 할 수 있는 눈이 있잖아? 그것만으로도 인간의 마음을 사로잡는 것쯤은 일도 아니지! (…)"

— 한스 크리스티안 안데르센, 앞의 책, 162~164쪽.

어쩌면 인어공주는 '사랑받을 수 있다'는 자신감으로 충
만해 있었던 것은 아닐까. 인간이 될 수만 있다면, 혀가 잘
려 말을 할 수 없어도, 바닷속뿐 아니라 인간 세계를 통틀어
서도 가장 아름다운 그녀의 목소리를 빼앗긴다 해도, 왕자
의 유일무이한 절대적 사랑을 받을 수 있다는 자신감. 인어
공주가 아름다운 머리칼이나 어여쁜 얼굴이나 몸매가 아니
라 '목소리'를 빼앗긴 것은 의미심장하다. 목소리를 빼앗긴
다는 것은 언어와 노래가 불가능한 세계로 추락한다는 뜻이
며, 곧 인어공주가 그토록 갈망하던 '영혼'의 공간을 빼앗기
는 일과 다름없기 때문이다. 왕자가 그토록 찾고 있던 존재
(바닷가에서 자신을 구해준 존재)가 바로 '나'라고 말할 수 있는 '혀'
가 있었다면 인어공주는 물거품이 되지 않을 수도 있었다.

또한 그녀가 하필 목소리를 빼앗긴 상황은 '인어'(하층계급)
는 '인간'(상류사회)의 언어로 말할 수 없다는, 계급과 계급 사
이의 본질적인 소통 불가능성을 환기시킨다. 마녀는 인어공
주가 지닌 특성 중에 가장 소중한 것이 목소리(영혼+성격+재
능)임을 간파한 것이 아닐까. 외적 아름다움만 있으면 인간
의 사랑을 받을 수 있다는 마녀의 충고는 인간 세계의 속물
성을 풍자한 것이면서 동시에 안데르센의 뿌리 깊은 외모

콤플렉스의 굴절된 묘사일 수도 있다.

　요컨대 인어공주는 인어 세계에서도 인간 세계에서도 환영받을 수 없는 '푸른 꿈'을 꾸었던 것이다. 인어들에게는 인어의 안락한 자기만족을 방해하고 바닷속 세계 말고도 더 넓은 세계가 있음을 고통스럽게 환기하는 존재였으며, 인간들에게는 인간이 품을 수 없는 신비하고도 불가해한 세계, 결코 '함께' 공존할 수 없는 세계(바닷속 나라)가 실재한다는 사실을 떠올리게 하는 존재였던 것이다.

　나는 신데렐라의 드라마틱한 성공이 아니라 계모와 언니들의 구박과 아버지의 외면을 '견디는' 그녀의 태도를 상상해본다. 죽은 엄마의 무덤가에 하루에 세 번 기도하러 가서 목 놓아 울던 계집아이의 귀기 어린 통곡을 생각한다. 신데렐라는 신분 상승의 로망이 아니다. 인어공주는 더더욱 그렇다. 건널 수 없는 경계(인간과 인어 사이)를 건너려던 인어공주의 몸부림처럼 신데렐라는 엄마의 죽음과 자신의 삶 사이의 경계를 서성거린다.

　우리의 마음속에 각인된 동화들은 본래 하나도 만만한 것

이 없다. 동화는 '보호받아야 할 어린이, 계몽해야 할 어린이'
를 위한 것이 아니라 '몸집이 좀 작은 어른'일 뿐인 아이들에
게 세상의 험악함을, 인간의 비애를, 인생의 잔혹함을 미리
학습시키는 고통의 예방접종이 아니었을까.

　우리는 이제 『신데렐라』를 '신분 상승의 우화'로 축소시
키거나, 『인어공주』를 '디즈니식 해피엔딩'으로 변형시키는
세상의 문법에 속지 않는다. 『신데렐라』와 『인어공주』 속에
는 세상의 폭력도 있고 주체의 승리도 있으며 그 무엇으로
도 쉽게 해석되지 않는 모호한 아름다움도 있다. 나는 이 모
호함과 신비 속에서 새로운 해석의 진주를 캐내고 싶다. 그
속에서 우리 시대의 새로운 '신데렐라'를, 인어공주를 뛰어
넘는 새로운 '인어공주'를 다시 쓰고 싶다.

2월의 화가

남경민

남경민

덕성여자대학교 예술대학 서양화
과와 동 대학원 서양화과를 졸업하였다. 2006 송은미술대
상전 우수상을 수상하였다. 2015 두 개의 풍경(에스플러스갤
러리), 2014 풍경 속에 머물다(사비나미술관), 2010 풍경을 거닐
다(갤러리현대강남), 2006 남경민전(영은미술관), 2005 화가의 작
업실(브레인팩토리), 2005 나비공간채집(스톤앤워터) 등 수차례
개인전을 가졌으며, 2014 한국현대회화 33인전(강동아트센
터), 2013 house&home: 나를 찾다(제주도립미술관), 2013 코리
아 투모로우(한가람미술관) 등 다수의 기획전 및 단체전에 참
가하였다.

나는 수줍은 희망에
올인하기로 한다

글_정여울

아름다운 예술가의 방 한가운데로 난데없이 나비 한 마리가 날아든다. 나비는 마치 꿈을 꾸듯, 마치 노래하며 춤을 추듯, 화가의 방 구석구석을 눈부시게 미끄러지듯 활주한다. 나비는 어느새 한 마리에서 두 마리로, 두 마리에서 네 마리로, 순식간에 수백 수천의 나비 떼가 되어 방 안 곳곳에 스며든다. 나비 떼의 황홀한 비상, 그것은 예기치 않은 공격의 느낌이 아니라 뜻하지 않은 축제의 분위기를 한껏 자아낸다. 나비는 본래 화가의 방에 초대받지는 않았다. 하지만 나비의 뜻하지 않은 침입 덕분에 화가의 조용한 방은 어느덧 찬란한 축제의 무대로 변신한다. 의도하진 않았지만 의도보다 더욱 아름다운 그 무엇이 태어나는 순간, 그 순간이 바로 예술의 손길이 우리의 지친 삶을 따뜻하게 보듬는 순간이다.

　나는 남경민 화가의 작품들을 보며 이런 상상을 해보았다. 초대받지 않은 나비가 날아들어 조용하고 단조롭던 화가의 방이 순식간에 아름다운 축제의 무대가 된다. 화가의 방을 그린다는 것은 그가 사랑했던 모든 것을 상상하고 묘사하여 오늘의 눈빛으로 되살려내는 몸짓이다. 그것은 단지 사실적인 고증이나 낭만적인 몽상에 그치는 것이 아니라 오래전 세상을 떠난 예술가와 지금 여기 생생하게 살아 있는 예술가와의 생기 넘치는 대화의 마당을 일구는 작업이다. 남경민 화가는 벨라스케스, 피카소, 렘브란트, 고흐, 세잔, 김홍도, 정선, 신윤복 등의 작업실을 상상하고 재현하는 행위를 통해 예술가의 간절한 목마름을 표현한다. 그 목마름은 바로 오래전 세상을 떠났지만 여전히 우리를 강하게 끌어당기는 거대한 자석 같은 예술가들의 창조적 세계와 기꺼이 연결되고자 하는 마음이 아닐까. 100년 전에도 1,000년 전에도 지금과 똑같이 간절했던 그 무엇. 바로 예술의 힘은 우리의 단조롭고 메마른 일상을 더 깊고 너른 아름다움의 차원으로 승화시키기를 갈망하는 인간의 욕망이 빚어낸 것 아닐까.

　남경민 화가의 작품 속에서 나비는 메신저다. 알려지지

않은 저쪽 세계와 이미 우리가 잘 알고 있다고 믿는 이쪽 세계를 이어주는. 그런 나비의 메신저로서 역할은 예술가의 역할과도 일맥상통한다. 마치 타임머신을 타고 지나간 시대의 예술가의 방에 침투한 나비 떼처럼, 화가는 '우리의 익숙한 일상'과 '화가의 낯선 창조의 공간'을 이어주는 메신저가 된다. 단 며칠의 화려한 날갯짓을 위해 몇 개월 동인의 기나긴 고치 생활을 견뎌내는 나비처럼, 화가 남경민은 최고의 변신을 위하여 자신의 작업실에서 해가 지는 줄도 해가 뜨는 줄도 모르는 채 내면의 창조적 작업에 몰두하는 예술가의 영혼을 그려낸다.

남경민의 화폭 안에는 옹기종기 각자의 이야기를 머금은 사물들이 가지런히 배열되어 있다. 모딜리아니의 그림이 담긴 액자, 고흐의 외로움이 담뿍 어린 의자와 침대, 사과 하나로 세계를 정복하고자 했던 세잔의 사과 등등. 그 하나하나가 마치 액자소설 속 또 다른 이야기처럼 화폭 안의 또 다른 화폭, 그림 속의 또 다른 그림으로 확장되면서 작품 속 숨은 스토리텔링을 증폭시킨다. 사물들 속에는 예술가가 걸어온 삶의 이야기, 사랑한 사람들, 일상 속 소소한 추억과 취향의 흔적이 고스란히 배어들어 있다. 오랜 시간이 흘러도 쉽게 변하지 않는 진실의 얼굴처럼 단단하고 투명한 유리병, 새가 자유를 찾아 떠나버리고 혼자 남은 새장, '죽음을 기억하라'라는 '메멘토 모리memento mori'의 메시지를 상기시키는 바니타스 해골, 순간의 반짝임을 넘어 영원한 빛을 갈구하는 인간의 마음을 닮은 촛대, 때로는 덧없는 모래 알갱이로 흩어지고 때로는 얼어붙은 빙산처럼 멈춰버리는 모래시계, 해맑은 순수와 예술의 진정성을 떠올리게 하는 백합. 이 모든 오브제는 화가의 아틀리에라는 하나의 공간에 모여 있음으로 인하여 작품 속의 죽은 화가뿐 아니라 이 화가들을 사랑하는 살아 있는 화가 남경민의 이야기 또한 합창 속의 풍요로운 화음처럼 배어 나오는 듯하다.

　화가가 따스한 눈길로 그려낸 이 모든 사물들은 결국 1인분의 삶, 1인분의 아픔, 1인분의 운명, 1인분의 욕망을 뛰어넘기 위한 초월의 무기로 다가온다. 21세기 한국을 살아가는 한 화가가 현실에서 겪어낸 삶을 넘어서서 그가 사랑한 모든 화가, 그가 창작의 영감을 받은 모든 순간을 향해 마음의 안테나를 확장하는 것이다. 현실적 공간의 제한성과 획일성을 뛰어넘는 모든 열림과 뜨임을 상징하는 사물들이 작가와 관객 사이의 소통 공간을 열어준다. 우리가 한 번도 만난 적이 없더라도, 당신의 상처와 나의 상처는 반드시 연결되어 있으리라는 믿음. 우리가 아직 서로를 충분히 이해하지 못한다 하더라도, 그림이라는 '예술의 창문'이 열려 있는 한, 서로가 서로의 마음이라는 거대한 산봉우리 위로 언젠가는 꼭 도달할 수 있으리라는 희망. 나의 글쓰기와 님경민 작가의 그림 또한 그렇게 서로를 향한 '필연적인 연결의 희망'으로 그 소중한 인연을 이어가기 시작했다.

닫혀 있는 것처럼 보이는 모든 문은 실은 '내 마음의 눈이 만들어낸 환영'에 불과하다. 그 문이 열려 있는지 닫혀 있는지에 상관없이, 우리의 눈은 '저 문은 분명 닫혀 있을 거야'라고 지레짐작하며 쉽게 포기하기도 하고, 또는 '혹시 열려 있지 않을까' 하고 수줍은 희망을 걸어보기도 한다. 나는 수줍은 희망에 올인하기로 한다. 혹시 열려 있지 않을까, 당신의 마음은. 혹시 열려 있지 않을까, 내가 두드리고자 하는 모든 희망의 문은. 그래, 반드시 열려 있을 거야, 우리가 꿈꾸는 소망의 문들이 세상을 조금이라도 더 밝고 환하게 만들 수만 있다면. 모든 문은 결국 열리게 되어 있다. 그것이 상처의 문, 고통의 문, 영원히 지워지지 않을 뼈아픈 기억의 문일지라도. 나의 글쓰기 또한 화가의 나비처럼 눈부시게 날아올라 당신의 닫힌 마음의 문 속으로 아무도 모르게 스며들 수 있기를. 그리하여 나의 글과 화가의 그림과 당신의 마음이 만나 이루는 또 하나의 축제가 어제보다 오늘 조금 더 따스하고 아름다울 수 있기를.

콜록콜록
누군가 조금은, 혹은 아주 많이 아파하는 소리

지은이   정여울

2018년 2월 15일 초판 1쇄 발행

책임편집   홍보람
기획 · 편집   선완규 · 안혜련 · 홍보람
기획위원   이승원
디자인   형태와내용사이
타이포그래피   심우진 one@simwujin.com

펴낸이   선완규
펴낸곳   천년의상상
등록   2012년 2월 14일 제2012-000291호
주소   (03983) 서울시 마포구 동교로45길 26 101호
전화   (02) 739-9377
팩스   (02) 739-9379
이메일   imagine1000@naver.com
블로그   blog.naver.com/imagine1000

ISBN   979-11-85811-41-3 03810

우 편 엽 서

보내는 사람

청년의상상

서울시 마포구 동교로45길 26 101호
전화 (02) 739-9377 팩스 (02) 739-9379
이메일 imagine1000@naver.com
블로그 blog.naver.com/imagine1000

| 0 | 3 | 9 | 8 | 3 |

우편요금
수취인 부담
발송유효기간
2018.01.11~2020.01.10
서울마포우체국
제40929호

월간 정여울

당신의 마음에 가닿기 위하여

조용한 공감, 요란하지 않게 서로 소통하기를 원해요.
작가 정여울에게 하고 싶었던 말이나 궁금한 점 등을 보내주세요.

이름

연락처(이메일 혹은 전화번호)

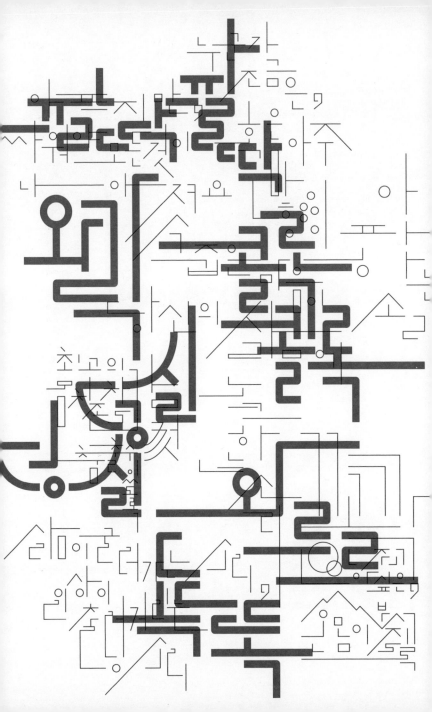

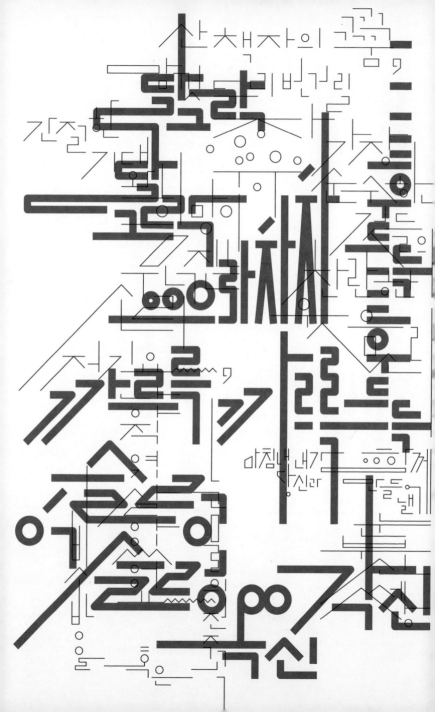